马付才　著

黄昏进城

与恩题

人民日报出版社
北京

图书在版编目（CIP）数据

黄昏进城 / 马付才著. —北京：人民日报出版社，
2023.4

ISBN 978-7-5115-7811-2

Ⅰ.①黄… Ⅱ.①马… Ⅲ.①中篇小说—小说集—中
国—当代 Ⅳ.①I247.5

中国国家版本馆CIP数据核字（2023）第085815号

书　　名：黄昏进城
　　　　　HUANGHUN JINCHENG
作　　者：马付才
出 版 人：刘华新
责任编辑：刘晴晴
封面设计：中尚图
出版发行：人民日报出版社
社　　址：北京金台西路2号
邮政编码：100733
发行热线：（010）65369527　65369512　65369509　65369510
邮购热线：（010）65369530
编辑热线：（010）65363105
网　　址：www.peopledailypress.com
经　　销：新华书店
印　　刷：天津中印联印务有限公司
法律顾问：北京科宇律师事务所 010-83622312
开　　本：880mm×1230mm　1/32
字　　数：110千字
印　　张：6
印　　次：2023年5月第1版　2023年5月第1次印刷
书　　号：ISBN 978-7-5115-7811-2
定　　价：49.00元

感谢生命中温暖的相遇

现在，能坐在一起谈文学的人已经不多了，付才是为数不多的一个。虽然我们并不经常相见，但偶尔坐在一起时却总会不知不觉地聊起文学。

文学现在似乎走向凋零。但作为人类心灵家园的文学，可以丰富人性，抚慰人心、净化灵魂；目前虽然文学势衰，但仍然有改变一个人的命运的可能。

二十多年前，二十多岁的付才和我，都对文学充满了热爱和崇敬。我们都是通过文学写作，最终改变了各自的人生命运。

那时，我和付才同在一家报社做记者、编辑，两个人对生活满腔热情却又常常囊中羞涩。写新闻，编辑稿件，是我们的日常工作，这份工作勉强养家糊口。曾经在一起很多喜欢文学的朋友，都先后弃文从商，但我和付才，无论日子多难，始终没有放弃文学。那时的我们，因为文学，穷并快乐着。

写作，当时被很多人认为是不务正业，也是最没有前途的事情，庆幸的是付才和我都在那个物欲横流的世界里坚守了初心。我们都没有显赫的家世背景和社会关系，从事的职业虽然辛苦，但却改变了我们一生的命运。正是因为我们长期不懈地坚持读书和写作，文学才成了改变我们命运的最好利器。人生中能从事自己喜欢的职业，是多么幸运的事情。

付才后来去了北京，在一家国家级政法媒体做记者，他说，报社对稿件的质量要求非常严格，多亏了他多年从事写作打下的扎实功底，才能让他胜任了这份工作。我知道，这些年付才之所以收获颇丰，除了天赋，还有他的执着和勤奋。这其中付出了多少心血与汗水，也许只有他自己心里清楚。

《黄昏进城》是这部小说集的开篇之作。主人公是一个进城务工的孩子，城市，是他向往的地方。进城务工有力地推动了中国改革开放和现代化的建设进程，也改变了整个社会风貌。在这部小说集中，有多篇小说讲述的都是关于务工的故事，也曾发表在南方的一些务工文学刊物上。我知道付才从来没去南方务工。虚构是文学的生命所在，但我相信，小说中的虚构，总能找到现实的影子。付才在文学作品中对底层命运的深切关注以及这些小人物身上闪现出来的人性光辉，让我读后也是备受震撼。

《谁的梦想比谁的长》中的方小放和刘雅，他们一个在酒店做勤杂工，一个在酒店做服务员，卑微的身份，相似的命运，让他们互生怜悯和疼惜，他们互相帮助，彼此温暖，在这个光怪陆离的城市里，他们憧憬着未来的一切，努力寻找前方温暖的"车站"。我时常想，人生如果是一列火车，那么很多相爱的人，开始便走在两条平行的轨道上，很多年后，当他们站在锈蚀的铁轨中央回望才发现，当年，人生的列车轰鸣驶过，彼此即使看似距离很近，却注定擦身而过。

是的，生活中，大多数追寻幸福的人，不一定都能得偿所愿。

或许，这就是生活的真相，我们追求圆满，留给我们的却总是遗憾。爱情既然无法不变，那就留下刻骨铭心的一段，虽然经历劫难，经历痛苦却能无憾。历史的长河中，我们终究都只是过客，遗憾和痛苦也都会被时间抚平，再见了曾经，再也不见！

本书中的《等待一棵成长的树》，令我印象深刻。

世上所有的智慧都生长在大地上，与大地息息相关的就是树。一棵树的生长，从生根、到发芽、渐渐长大，到最后拥有粗壮的枝干，能为自己和他人遮风挡雨。慢慢长大的我们会经历许多挫折和痛苦，也会收获许多欢乐和幸福，这个过程中，我们懂得了许多，走过的路，做过的事，是对、是错自己可以判断。我们在等待一棵树的成长过程中，是否能静下心来，认真地看一看，在春天，他们是如何舒展出一片片嫩叶；夏天，它们是如何迎接烈日的曝晒蓄积能量；秋风吹起，它们是否能用五彩缤纷的落叶、洒满大地；冬天来临时，面对冰雪和风霜，它们是否能挺立成一面旗帜岿然不动。

我们看一棵树，就要看它的树干，也要看它的枝条，还有叶子、花朵和果实，在风雪中、暴雨中、烈日下它不同的姿势，看它的枝条如何向四周扩展，还要看它在不同环境中的微笑与痛苦、软弱与坚强、疼痛与忧郁、欢乐与忧伤……看它如何活出生命的长度与深度。

这是一本关于青春、关于理想、关于生存的小说集，里面的故事有温暖也有痛苦、有无助的彷徨，也有自强不息的坚韧不拔。曾经，我和付才一起走过友情岁月，那段美好却又艰难的日子，至今仍记忆犹新。但生命是一个渐行渐远的过程，朝霞与落日，仿佛只是转瞬之间。

如今，我们从事着相似的工作，天各一方，彼此却心有灵犀，是文学让我们走到一起，并穷尽一生努力追赶，如今我们都已是中年。感谢生命中的相遇，让我们都曾满手握着灿烂的阳光，努力绽放生命的光芒去追赶一棵成长的树。

是为友情，是为回忆，是为高贵者的灵魂寻找心灵的家园，是为序。

徐道胜

（河南省作协会员、南都晨报社总编辑）

目　录
contents

黄昏进城

二十世纪九十年代，当成子看见那幢矗立的高楼顶时，淡黄色的夕阳正斜斜地照在它上面。成子感到心跳明显加速了，成子心里说，成子，你看到的这就是城市吧？

成子那双疲惫不堪的双腿徒然生出一股神奇的力量，催他加快了步伐，当他从那个缓坡的低洼处走来时，那座矗立的高楼像是一个庞然大物般"蹦"到了他面前，把成子心目中村主任家那高大的大瓦房比得没了影踪。宽阔笔直的马路，一幢接一幢林立的高楼，热闹而又有规则流动的人群和车流，把成子带入了另一个梦幻的世界。在成子梦中无数次出现过的城市，这时真真切切地出现在成子面前，尽管成子对城市有过无数次设想，尽管成子做好了充分的心理准备，但是，城市仍然把成子打了个措手不及。成子已经眼花缭乱。他现在就站在这座城市的边缘，不知道这条路叫什么名字，也不知道他站着的十字路口向南向北又通向何方。成子从口袋里摸出那个纸条再看一遍，其实不用看他也早把那个地址记得滚瓜烂熟了。在成子茫然无措的时候只是下意识地把它掏出来：同庆大道商苑小区工地。这个纸条是成子的表哥大全写给他的。大全在同庆大道商苑小区的工地上做民工。前几个月大全从城里回村时，他对成子说他现在是工地上的队长了，许多人都听他指挥。大全说这些话时从衣服口袋里掏出个气体打火机，一按，一股蓝色的火苗蹿出老高。成子说表哥这个贵吗。大全说，贵，这是老板给我的。大全说着扔给成子一根有过滤嘴的香烟，成子说，表哥我不会吸。大全把烟凑到那淡蓝色的火苗上点燃，吐出了一圈烟雾后才说："不会吸就不会学？以后外出闯世界是让人笑话的。"大全边说边用手去松领带上的拉链，大全穿一件灰色的西服，西服皱巴巴的，看上去有点不伦不类，不过大全自我感觉挺好。他说："嘿，我们那工地上有一百多号人，他们都听我的，我听经理的，没事干的时候我们就去逛大街，看电影，看小妞。城市的小妞长得都像冬天下的雪一样白，夏天都穿着短裤、小衬衣，露着雪白的大腿……

大全的话把成子听得一愣一愣的。成子初中上了两年就回家帮父亲种地了，回到家里的成子并没有多少活可干，就那两三亩山地，庄稼都长得黄不拉叽，费再多的力气也多打不了几斤粮食。成子回家主要是父母供不起他和他哥两人同时上学。成子的哥哥小松是在去年考上县城高中的，家里在讨论小松和成子谁上谁不上学这个问题时，小松说，我是大哥让成子上，成子那一时刻仿佛一下子长大了许多，成子说让大哥上吧，他上的是重点高中，快有出头之日了。成子的话正合父亲的心思，听成子这么一说，父亲的眼圈红了，小松还想再说些什么，父亲的手用力一挥，说，就这样吧，小松，你可一定要考上大学。成子说，哥，你好好念书，家中有我和爹呢。成子说这些的时候是笑着说的，他轻松的样子好像他最讨厌的就是念书，成子说完这些话就赶着家中的几只老山羊去了后山。后山有一片槐树林，那儿偏远人稀，成子把那几只山羊赶到后山后就不在管它们了。成子躺在树林下的草地上隔着斑驳的树叶看蓝天上的白云，泪渐渐就流了下来，后来他索性放声大哭了一场。成子想，他无忧的少年生活就这样早早地结束了。不知什么时候成子的声音才渐渐小了起来，他迷迷糊糊地睡着了，醒来时，几只吃饱了的山羊正静静地卧在他身边，于是，成子就赶着山羊往山下走去，成子明白，以后这种日子每天都会重复下去，心中那个遥远而又模糊的梦已彻底消失在了远方。赶着山羊下山时，他觉得自己已经长大了。

上到初中二年就辍学的成子那年已经15岁了。15岁的成子每天赶着那几只老山羊，上山下山，把几只山羊喂得膘肥体胖，后来有一只老山羊又下了四只小山羊，成子想，如果就这样下去，要不几年他的山羊就会有几十只、上百只。后来成子的表哥大全来看望成子的爹，大全的一番话完全把成子的心搅乱成了一团麻。成子那时已经16岁了，16岁的成子还没走出过大山一步，早已过烦了这种"日出而作，日落而息"的生活。成子说："表哥，你是队长了，带着我跟你出去干活吧。"大全说："你才多大一点儿，就想出去？"成子说："我有力气，什么活都能干。"大全知道这是真的，在大山中长大的成子什么苦没吃过？力气或许比城市20多岁的青年还要大。大全无奈地说："舅，你看，成子要出去，他才多大一点儿。"

成子说："还小，都17岁了，再说出去挣点钱也好给我哥交学费用，我哥都上高二了，明年考大学该用好多钱哩，跟着我大全哥，有他你就不用操心了。"

成子爹说："等一段时间吧。"爹的话含含糊糊，没同意也没把话堵死，爹有爹的难处，也有他的想法，成子理解爹的心情。大全走时给成子留下了他的地址，其实，成子想出去干活，主要想走出这座大山、出去看看，看看那个被大全描述得如天堂般的城市到底有多好。小松在市里上高中，两三个月才回来一次，回来主要是问家里补充钱粮。回来时成子问他城市是个什么样子，小松说房子都是一个劲地往高处盖，人又多得拥挤不堪，再问，小松说："成子，你辍学供哥读书，哥哪有闲心去逛城市？"小松说的时候潮湿的眼睛里蓄满了泪水。小松读书读得脸都寡白，成子的眼睛也涩涩的，成子就不问了。

城市对于成子始终是一个模糊的印象，成子决定去城市里找大全，他想，找到大全挣到钱就可以给小松买点营养品，还可以给爹买身衣服穿穿。成子已经有了自己的主见，这种想法日夜啮咬着他的心。成子偷偷地问村子里去过城市的人，打听好去城市要走的路，出了这座大山，山脚下有一条公路，顺着公路一直向西，60多里地就到了成子所要去的那座城市。

成子决定偷偷离家出走是在这年的夏天，早晨天还没亮他就起床了，穿好衣服，把一张早已写好的纸条留在了床头，蹑手蹑脚地怀揣了两个馍就上路了。

成子想，爹早上见他不起床去喊他时一定会看到那张纸条的。那张纸条上歪歪斜斜地写道："爹，我去城里找大全哥干活去了，你别担心，挣了钱我会给你寄回来的。"成子想，爹一定会抱着头呆呆地望着向外的那条唯一的山路，一言不发，只不过娘又要流多少泪呢？成子就是怕娘不让他去才这样偷偷出走的。

成子现在像出笼的小鸟一样一口气走完了二十多里的山路，这时的太阳才刚刚露出红彤彤的脸。顺着山脚下的公路一直向西，快到中午时成子顺路搭上了一辆手扶拖拉机。那个黑红脸膛的中年汉子问成子进城干啥去，成子响亮地说，进城找他表哥挣钱。那个汉子善意地笑笑，说："城里的钱是好挣的？"兴致正高的成子没听出这句话后面的问号。拖拉机走了二十来里地要拐路，成子才恋恋不舍地跳下了拖拉机。成子想，如果能再搭上一辆进城的拖拉机就好了，可是，成子一直没碰到愿意让他搭的。就这样，直到日落黄昏时，成子才从一个漫长的上坡路上，把城市的边缘的那幢高楼从顶层到底层收入了眼底。

　　成子想，城市的路再多，难道比山里的羊肠小道还稠？现在，站在这条宽阔而又笔直的水泥马路上，成子才发现这要比山里的羊肠小道难走得多。成子看见路边一家杂货店外站着一个30多岁的女人，就走过去问："大姐，同庆大道在哪儿？"那个女人翻翻白多黑少的眼球飞快地打量了成子一眼，厌恶地说："去去，不知道。"成子不知道那个女人为什么这样烦他，于是转而问她身边的一位老人："老大爷，你知不知道同庆大道在哪儿？"成子在称呼上已经用得恰到好处了，那个白头发的小老头歪着头想了一会，才说："我在市里住了几十年，还没听过有同庆大道这条路，小伙子，你是不是记错了？"成子的心一下子沉了下来，难道是大全在骗我？大全说话虽然有点言不符实，但也不至于骗自己的表弟吧。成子在这个笼罩在残阳下的城市街道，看着大街上车水马龙，所有的人都急匆匆得像归巢的小鸟一样往巢窝里飞。成子茫然无措地把手插进了衣袋里，那里面还剩下一个已经风干了的馒头，还有偷偷积攒的10元钱。现在成子已经开始想家了。街上的人流车流渐渐地在他眼中变得模糊起来，一个个在他眼前不停地晃来晃去，在他脑海中逐渐清晰的是那几只老山羊和几只小羊羔。成子这样想着，心中只暗暗地骂自己没出息，怎么刚刚在黄昏赶到城市的边缘就想家了？成子用衣袖拭拭眼角溢出来的泪水，抬起头，看见不远处一个戴着厚厚眼镜的男子正奇怪地打量着自己，成子觉得有点不好意思，他一直认为自己已经长大了。他往前走了几步，试探着问："叔叔，你听说过同庆大道在哪儿吗？"那个男子有30多岁，惊讶地说："同庆大道，可远了，你现在是在市东郊，同庆大道在市最西边的高新技术开发区里。"那个男子说完这些后紧接着又问成子："你是山里人吧？"成子不知道他是怎么知道自己是山里人，嘴里"嗯"了一声，好奇地问："你怎么知道？"他说："你走路一跳一跳把腿抬得很高，像是走山路一样，我刚出来时也和你一样。"那个男子的话使成子的眼窝一热，这时他才想起，为什么那么多人都用奇怪的目光去看他。成子想，他走路的姿势一定很难看。

男子告诉成子，这条路向北走到第一个十字路口，然后朝十字路口正西的那条路一直走，路尽头交叉的路就是同庆大道。

成子在这里开始了他人生第一次穿越这座城市的旅行。成子努力把腿抬得低一些，可不由自主地又抬得很高，成子已经习惯了走那高低不平的山路，那平坦宽阔的水泥马路在他看来仍然是高高低低坎坷曲折。成子向四周看，街两边的霓虹灯变换着字样闪烁不息，人们都急着赶路，并没有人去注意他。成子看着自己的身影忽前忽后、忽高忽低被人们不停地践踩过，眼睛渐渐变得用不过来了。城市的街道两边那平平常常的风景让成子觉得好奇，不知不觉，他就拐上了另一条路，成子没有觉得这条路与他要走的那条路有什么不同：一样的梧桐树苍苍郁郁；一样的昏黄路灯像粗线上串着的一个个玻璃球；一样竖立在街两边的广告牌子都在闪烁不息。

　　经过一天跋涉的成子现在觉得浑身酸痛，腿软绵绵的，随时都要瘫倒在地。前面不远处是一家商厦，成子看到，在商厦前的广场上许多人三五成群地围在一起或打扑克，或在闲聊；在广场周围的树下和周围楼房的阴影下，也有一些人或躺或卧在草席上乘凉。成子走到一棵常青树下，一屁股坐在了水泥台阶上。这棵树在马路边缘，人群和车流不断从成子身边穿过，刺耳的喇叭声和耀眼的汽车车灯让成子感到烦躁不安，他看到广场里边有一片地方没有人，那幢高楼投下的巨大阴影把这块地方遮得严严实实。成子走到那个地方，背靠着后面的一堵墙想静静地喘息一会，但不到五分钟，他就昏昏沉沉地合上了眼睛。在这个夜晚，只有几只蚊子在成子的脸上和腿上美美地饱餐了一顿然后飞走了，之后再也没有任何人来光顾他，在高楼投下的阴影下，黄昏进城的成子在这个夜晚被城市湮没得无影无踪了。成子被一阵汽车喇叭的声音惊醒时，他才发现天空早已褪去了灰蒙蒙的颜色。成子慌慌张张地站起身，摸摸脸上和腿上被蚊子叮咬过的几个疙瘩，痒得厉害，他用手使劲地抓了几下，看大街上，早已是熙熙攘攘了。偶尔有人投过来冷漠的目光，随即又飞快地移开了。这时成子向四周看看，才发现他所处的位置是一个十字路口。

　　一觉醒来的成子站在十字路口上，肚子里不时发出奇怪的声音。成子这才想起衣袋里还有一个风干了的馍，他看到左边有一家大院的大门敞开着就走过去，试探地在门口张望了一会儿，门卫也不知道跑哪儿去了。成子像做贼一样地溜进去，院墙的角落里有一个厕所，成子方便后对着外面的一个水龙头下直喝得肚子里"咣当当"的，然后把馍飞快地填进了肚子里。出大门时门卫恰巧过来，他疑惑地盯着成子，看着成子两手空空一跳一跳地走出了大门。经过一夜的休整又吃了一个馍后，年轻的成子又觉得浑身充满了活力。成子顺着十字路口向西走，结果这条路向南偏去，走了两个多小时晕头转向的成子才发现方向出现了问题，他问路边的一位老人，那个老人说，你往前走，有一条偏向西的水泥马路，那条路的尽头就是同庆大道。成子问有多远，老人说你只管走别拐弯，同庆大道在郊区，我还没走过哩。成子用手背擦擦脸上的汗，脸上立刻黑一道白一道，汗水顺着往下淌，眼也被蜇得涩涩的。头顶上的太阳像是一个大火球，城市又像一个大蒸笼，成子走在斑驳的树荫下，闷得透不过气来。如果在大山里，躺在浓密的树荫下，一种凉意就会慢慢地沁入全身的毛孔，那舒服劲儿别提有多美了。成子伸出舌头舔舔干裂的嘴唇，思绪又飘回了故乡，他忙把注意力收回到街两边各种商店上，结果那些眼花缭乱的招牌使成子更加难受。

　　成子看到同庆大道的时候，太阳已快移到他头顶的正上方了。同庆大道明显比市内所有的道路都宽阔许多，干净整洁的水泥马路，四季常青的风景树两边是宽阔的车道和人行道，路两边零零星星地发现一些正在施工的工地和被切割成碎块刚刚收割过的麦田。现在成子所面临的问题是，他不知道那个商苑小区工地是在他所处的这个位置的南边还是北边。新修的同庆大道两边的风景树根本形成不了多少树荫，毒辣辣的太阳猛烈地炙烤着大地，一辆又一辆汽车飞速地在同庆大道上驶过，路上行人寥寥。成子站在一棵常青树下面，太阳穿过树叶的缝隙照射在成子黑黝黝的皮肤上，火辣辣得像被火星灼烧一样地疼痛。成子满以为到达了同庆大道也就到达了目的地，现在，站在这条前后望不到边儿的同庆大道上，经过一天一夜的长途跋涉，成子才知道那个商苑小区仍很遥远。成子走一天高低不平的山路也从来没有感到累过，而这平坦如镜的水泥马路却使成子感到浑身酸痛，现在成子最大的愿望是能躺在一个安静的地方睡一会儿。成子向四周看看，前面有一个铁皮小屋竖立在公路边，成子不知道那个铁皮小屋是干什么用的，走过去，看到货架上的糖、烟、酒，才知道是一个代销点。成子手里还有10元钱，这一天多来那10元钱早已被汗水浸过几遍，早上灌那一肚子水早已成汗水蒸发殆尽了，那个干馍也根本支持不了成子一天长途跋涉的消耗，成子感到肚里空空荡荡痛得厉害，成子想，也许吃点东西就好了。成子拖着两条灌满铅似的腿向铁皮小屋挪去时，饥饿占据了主导地位。那间铁皮小屋好像才搭好不久，新刷上的漆泛着红光能照出人影来，里面的东西并不多，只有一些糖、烟、酒和方便面等日常用品。代销点的对面是一家正在施工的工地，一层又一层的脚手架规则地随着大楼一起向上延伸。很显然，这家代销点主要是因为有了这繁忙的工地才设立的。里卖东西的是一个女孩，那个女孩看上去比成子也大不了多少，她的皮肤白净，很显然没有受过风吹日晒的苦。在这个沉闷的夏季中午，代销点已很长时间没有顾客光顾了，一个走路一跳一跳穿得脏兮兮的男孩来到小店门前，萎靡不振的女孩眼睛一下子睁大了许多。还没等成子开口，她就问："是买烟的吧？"

成子说："不是，我来找人的。"自作聪明的女孩对成子的话感到奇怪，她不知道成子来到她的小店里来找谁的，就不再说话了，只是很奇怪地打量着成子。成子接着往下说："我是找我表哥大全的，他在同庆大道的商苑小区工地上当队长。"

"商苑小区工地？就是对面这家。"女孩自问自答地说，她很奇怪成子不知道对面的工地就是商苑小区工地。她漫不经心地一问一答，却使成子忽然找到了希望，饥饿和疲劳顿时消失得无影无踪。成子忘记了向女孩道谢，在女孩的注视下他像只兔子一样一蹦一跳地越过马路直奔工地的大门。这正是吃午饭的时候，院内的民工大都端着个饭碗蹲在阴凉处，偌大一个工地显得冷冷清清的，与这样一幢庞大的高楼显得有点不相符。成子向大门内一个30多岁的男子问大全在哪儿，他抬头看看成子，然后扭过头冲大楼内大声喊："大全，有人找！"大全正端着个碗坐在大楼门口的台阶上埋头吃饭，好像他看到有人进到院内但根本没想到进来的是成子，听见喊声他仔细看，然后端着碗走过来惊讶地问："成子，你怎么来了？"

成子的泪差点就要流出来了，不过，他努力控制住了那在眼眶中打转的泪水。成子想，自己已经长大了，还动不动就流泪？

成子说："大全哥，我饿得慌。"

成子来得正是时候，由于工地上家住平原的民工大都回家收麦种秋去了，所以人手很紧，经理把一天的工钱又提高了五元，还说如果不经工地同意就回家，麦收以后再来也不要了。但这些都不管用，人误地一时，地误人一季，庄稼人还是以种地为本。所以，当大全把成子领到经理面前时，虽然经理看成子的个头比较矮，但仍毫不犹豫地说："你去把他领到队长那儿给分个活儿。"成子这才知道大全根本不是他自己所说的"一人之下，百人之上"的队长。

下午，成子就站在工地上那个巨大的搅拌机前了。成子具体的工作就是和另外一个小工把灰沙和好装到翻斗车里运到升降台上，然后再把空的翻斗车从升降台上推下来，一天从早到晚都重复这项简单而又累人的工作。不过整个下午成子都处在一种兴奋的状态中。他蹦蹦跳跳地把许多本该由两个人去完成的工作都一个人干了。这不需要技巧，需要的是力气，成子在一天一夜的跋涉后仍然觉得有使不完的劲。和成子搭配的小工是一个二十七八岁的瘦高个子男青年，他麻秆似的身躯和又矮又壮的成子站在一起极不相称。看着成子一蹦一跳地往搅拌机内填白石灰、沙，然后一个人汗流浃背地推着翻斗车来来回回，他站在阴凉处为成子高涨的工作热情暗自发笑，他想，山伢子，到了晚上就有你好受的了。

果然，到了晚上，成子躺在铺在水泥上的草席上感到浑身的骨头像散了架似的疼，成子想翻身都不敢动，好在太疲倦了，很快就昏昏然进入了梦乡，一觉睡到天明。成子匆匆吃过早饭，后就很准时地站在了那个巨大的搅拌机前。这一天，成子干得没精打采，不过成子仍然咬着牙不使他这边的环节出现失误。日子就是这样的枯燥，又使人喘不过气来，好在每天下来能挣到10元钱，工地上又管一天三餐，工作虽然累点儿，但一个月下来就能挣在家半年也挣不到的钱，成子感到挺满足。每天晚上躺下入睡前，成子总要计算一遍他已经挣了多少钱，那个不断上升的数字使他兴奋不已，虽然那钱还在经理的腰包里，但成子相信要不多久经理就会发放到他的手中。成子想，一天10元，十天就是100元了。干到第15天，正巧是个星期天，成子决定在这一天请一天假，现在已经是六月中旬，再有20多天小松就该考大学了，成子想，让经理先支付给他100元，他想到市里去看看小松。他想，小松现在一定很缺钱，他要送给他100元，然后对他说这是自己挣来的。成子去找经理之前先对大全说了，大全说干够一个月才发工资的，要不我先给你100元。成子说我发了工资就还你。

现在成子手中有了110元，那10元他一分也没舍得花。成子长这么大手中从来没有装过这么多钱，在问清去小松高中的路之后，成子把那110元钱放进衣袋里，又用扣针把衣袋口扣了起来，仔细检查一遍确信不会丢失后才走出了工地的大门。

走出工地的大门后，成子看见工地对面铁皮屋里的那个女孩正看着他笑，成子一蹦一跳走路的姿势很是滑稽。成子无意中看见那个女孩的笑脸，心立刻咚咚地跳了起来。他一只手使劲按在心口上，想要把它按下去。成子那黑红色的脸膛变成了赤红色，他再也不敢看那女孩一眼，直到快走到前面路口的拐角处，成子才偷偷地回头看一眼，女孩早已在他的视线里消失了，只有那个铁皮小屋孤零零地立在公路的旁边。这一次成子没有走弯路，走在路上他又一路问。那所重点高中在市里很有名气，很多人都知道它的具体方位。以前小松给家里写信都是由成子念给父母听的，他早已记住了小松所在的班级。星期天的校园显得有点冷清，高一和高二年级的学生们大都回家了，高三年级下个月7、8、9号就要参加高考，学校强调全体参试的毕业生要统一食宿，统一行动，在这关键的三天里便于管理，不出问题。学校初步统计，每个学生需交120元，所以高三年级的许多学生也回家问父母要钱去了。成子走在空荡荡的校园，道路两边的树林里不时有一些滋补饮品废弃的包装盒映入他的眼帘。成子一直走到操场附近，才看到几个学生在打篮球。成子走上前问他们，其中一个和成子身高不相上下的男生往后随随便便地一指，成子便看见那座四层楼的教学大楼正无精打采地暴露在炫目的太阳光下。成子又问小松所在的那个班级是几楼，他简短地说："一楼，最东边。"

说完转过身把托在手中的篮筐投入了篮筐里。成子很顺利地找到了小松所在的教室。门半掩着，成子脚站在门外头探进门里，在一排排书桌的墙角里看到一个人头埋在桌子上的一堆书本里。成子用手敲了一下门，那颗深埋在书堆里的脑袋才抬了起来，正是小松。小松的一双眼睛透过瓶底似的镜片迷惑地看着门口这个遗失在记忆角落里的男孩，不相信他就是自己的弟弟成子。成子的头发凌乱不堪，皮肤又黑又粗糙，穿一身脏兮兮的衣服，像是个叫花子一样站在他面前。

成子喊："哥，我来了。"

小松的脸寡白，头发老长，显然很长时间没顾上理发。他一脸惊异问："成子，你跟着谁来的？"到现在他还不相信，是成子一个人来到城市的。成子说："哥，我一个人来的。我找到工作了。"成子拆开衣袋口上的扣针，掏出里面那110元钱递到小松面前说："这些是我挣的，送来给你考大学用。"成子觉得自己真的长大了，说话的时候语气里充满了自豪。那天黄昏进城的经历在成子的叙述中让小松听来充满了传奇色彩。小松看着和自己一样高的弟弟，心里又难过又惭愧，自己是大哥，却需要弟弟打工挣钱来供自己上学。小松对自己的前途充满了迷茫，只许成功不许失败的悲壮情绪使小松感到压在肩上的担子更重了。本来，小松手中已没有一分钱，班主任说规定每人交120元时，小松就想自己住校吃学校食堂算了，如果真不行就只好向同学们借了，等高考结束后就去打工挣钱还债。如果回家，来回10多元的车票花进去不说，还不知道家中能不能借来这120元。星期天同学们都回家去了，在这最后的冲刺阶段，小松要利用好每一分、每一秒来给人生这段关键时刻加油，成子这个时候到来，无疑给他解除了后顾之忧。小松问："你不留点钱用？"成子说："用不上，工地一天管三顿。"成子穿一件家中织的棉布上衣，又厚又密不透风，下身穿一件娘做的大裤衩，每天晚上睡觉前他都要把它们脱下来在自来水龙头下洗一遍，第二天早上干了接着穿，虽然是这样，但上面沾满了洗不掉的水泥使它们早已分辨不出原来的颜色了。成子的脚上穿一双娘做的布鞋，刚从山里出来的时候，还是完好如新，现在烂得早已露出了脚趾，不过，在闷热的夏季穿着它们反倒有些凉快。见小松看着他的一身衣着紧锁着眉头，成子挤出一点笑容说："哥，这衣服脏得快，穿好的烂得快，还是娘织的布耐穿。"

小松的心头一酸，从手中抽出一张10元钱递到成子面前说："成子，你去买一件上衣吧，几元就够了，另外再买一双凉鞋。"成子把手背到后面不接，小松就固执地把那10元钱递到他眼前下，成子只好把它接了过来。

走出学校大门时，成子感到了从未有过的快乐。天气又闷又热，像要下雨的样子，成子的喉咙像冒火一样的干燥，他后悔刚才没在学校找个水龙头对着大饮一番。街两边有不少卖冷饮的，成子想，要不买个冰糕吃吃吧，经过一个又一个冷饮摊，一有这种想法的折磨，成子就感到嗓子真的在冒火。成子想，自己已经挣了100多元了，就奢侈一回也算是享受生活吧。成子不由自主地站在了一个冷饮摊点前，看着冰柜的架子上摆满了五颜六色的饮品，成子不知道自己该喝什么，他怕太贵。虚荣又使成子不愿开口去问。摊主是一个40多岁的女人，她热情地给成子递过来一听健力宝，成子慌忙地后退一步，说："我不喝这个。"忽然他眼前一亮，看到货架上摆着一个塑料瓶，这个塑料瓶比别的饮料瓶都大些，上面的标签上写着"矿泉水"几个字。成子想，这瓶又大又解渴，"矿泉水"肯定便宜。于是成子装着挺老练地一指说："就喝这个。"那个中年女人迟疑了一下把一瓶矿泉水递给了成子，成子旋开瓶盖口对着瓶嘴一口气喝下去了大半瓶。水有一种淡淡的怪味，成子想，城市里的人真会挣钱，就这水也装到瓶子里来卖钱？成子放羊的时候常到后山的一眼山泉里去喝水，羊和他都把头扎在山泉里一口气饮个饱。那水又清又有一种甘甜的味道，成子想，如果把那水也装到瓶子里拿到城市里来卖，肯定要比这好喝也好卖。成子把剩下那小半瓶矿泉水喝完，然后问："多少钱？""三块五。"成子怀疑自己听错了，就这一瓶水还要三块五？那中年女人说："三块五，你听见没有？"成子极不情愿地掏出那10元钱，心里恨得牙根直痒，可是又说不出口。三块五？就城里人真是黑心，捉弄乡下人哩。成子接过找来的钱转身没走几步，就听见身后那女人尖着嗓子嘲笑道："山伢子，还喝矿泉水！"成子的脸一下子红到了脖子根，他努力地把腿抬得低些，急急忙忙向前逃一样地窜出去。没走多远，前面有人挡住了他的去路，成子抬头一看，是一个瘦的像虾一样的大个子青年，成子向左，他也向左，成子向右，他也向右。成子一下子就六神无主了，回过头，身后也有一个瘦得麻秆似的人在不怀好意地冲他坏笑着。成子恐慌地问："你们想干什么？"

"哥们儿，没钱花了，借几个用用。"身后的那一位说。

成子说："我不认识你们，为啥借钱给你们？"

"你装像！"前面的瘦子一拳伸过来把成子打了个趔趄，成子也不甘示弱，回了他一拳，成子觉得自己没用多大力气，可"大蚂虾"往后连退几步，最后手扶着身边的一棵树才没蹲下来。后边的"麻秆"上来要抱着成子的后腰，成子的脚往后一蹬，把"麻秆"蹬得趴在了地上，捂着肚子直叫唤。成子向前走一步，瘦子吓得后退了三步。成子说就你们这两下子还想打劫，老子见多了。成子说着仿佛自己就是黑社会老大。他不慌不忙地往前走去，走到前面的拐角，走出了瘦子和"麻秆"的视线，成子立刻撒开腿往前跑去。成子害怕了——他俩追上来怎么办？英雄双拳难敌四手。跑了一段回头见后面并没有人追上来，成子才喘息着停下了脚步。看着手臂上隆起的小疙瘩似的肌肉，成子不禁为自己感到自豪。成子想，城市里人都是欺弱怕硬一副不要脸相，只要你舍得下力气，挣钱的地方多着呢！

经过刚才的折腾，成子已是大汗淋漓了。天闷热得厉害，使人透不过气来。快到工地大门时，天空连个闷雷都没有响忽然就下起了大雨。成子跑进工地时，浑身已淋湿，雨雾中他隐隐约约看到对面铁皮屋里的那个女孩正向他这边张望，他的心跳立刻加速了，不知为什么，一看到那个女孩，成子就莫名其妙地紧张。

工地上有十几袋水泥堆在外面，一下雨也不知人都躲到哪儿去了没人管。成子向四周望望，迟疑了一下，然后飞快地把一袋水泥夹在胳肢窝下往没完工的大楼下走去。当他背起第五袋水泥时，忽听身后有人问："人呢？"成子回过头看，原来是经理不知何时已站在他身边，身披一件草绿色的雨衣湿淋淋地急促问他。成子说："不知道，我今天请假了，刚赶来。"成子用手抹抹脸上的汗水和雨水，忙把剩下的几袋背到了大楼的大厅里。经理说："你叫成子，才来的？"成子"嗯"了一声，他想经理的记性真好。

雨时大时小地一连下了两天，这在当地是少有的。这两天不开工的民工们大都跑到不远处的一家录像厅去看录像了。成子不愿去看，就躺在工棚里的一张席子上呆呆地想心事。直到想得心烦意乱，感到昏昏沉沉。那些去看录像的民工们回到工棚后就常讲一些无聊的笑话。那个录像厅常在放武打片。看过录像回到工棚后，他们就津津乐道地讲一些片中的情节，从乡村到城市，他们一下子变得比城市的人都开放。面对城市，他们一方面充满了自卑与仇视，另一方面又充满了饥饿般的向往。成子想，这些平时都少言寡语的人们怎么变得这样了？说着说着，就有人提到了对面铁皮屋里的那个女孩。成子再也听不下去了，他气愤大声地说："好了，好了，也不怕丢人，人家可是好女孩！"就有人立刻怪声怪调地说："听见没有，成子爱上人家了，不让我们说，可是呀，癞蛤蟆想吃天鹅肉，只怕要害单相思了。"成子觉得什么话和他们也说不清，气愤地走出工棚，站在外面的雨地里索性让雨把自己淋个痛快。那个女孩的身影开始在成子的脑海中久久挥之不去。可是，成子却又怕见到她，他迷茫地站在雨地里，让雨水把青春的骚动淋得冰凉。远处，只隐隐约约地传来几声汽车的喇叭声，天地一片混沌，如那天他黄昏进城时一样。

雨下了两天才渐渐停。成子推着翻斗车往升降台上送，队长走了过来，说："成子，经理让你今天到水电班去上班。"成子疑惑地说："我去能干什么？"队长说："去了你就知道了。"说完之后他顿了一下又问："成子，你和经理是亲戚？"成子说："不是呀，我以前根本不认识他。"队长笑了笑说："成子，好好干，到水电班你能学点儿技术，一辈子都有用，很多人想去都去不了。"成子到水电班才知道，这儿的工作比较轻松，而且比当小工每天多5元工资。成子想，或许是下雨那天背水泥让经理看到了，给经理留下了好印象吧！

　　成子在水电班具体工作是往墙上装接线盒。大楼的主体工程快完工了，余下的就是水电安装和室内装修。成子每天拿着一把铁锤和一个钢钎，依照别人画出的白线位置，爬高上梯，把需要穿线装开关插座和接线的位置掏开一个又一个小方洞，然后用水泥灰把接线盒镶嵌在那儿。成子站在这幢七层高楼的顶端往远处看，城市里一条又一条白色链条似的路像棋盘一样错综复杂，一幢又一幢的高楼像填在棋盘里的棋子，一辆又一辆的汽车像虫子一样从远处爬来又爬向远方，把成子看得头晕眼花。他把目光收回，下面是那个铁皮小屋孤零零地立在路旁，不时有工地上的民工和路上的行人拐到她那儿买东西。成子想，她真的比山里所有的女孩都好看，想到这，成子的心里又很难受。成子明白，这个女孩对他来说太遥远了，他的婆娘将来只会是他们那座大山里某一个角落里的某一个女孩，头发凌乱，眼神无光，过早地被沉重的生活压弯了腰。

每天重复的工作让成子渐渐感到枯燥，刚出来时的新鲜感早已荡然无存，似乎每天的存在及机械性的动作只是为了那15元钱。大全对成子的工作反而羡慕得要命，大全每天都爬在外面那高高的脚手架上往大楼上贴瓷砖，虽然他每天能挣到20多元，但大全说，成子，我宁愿每天10元只要让我能干你的活儿就心满意足了。成子苦笑笑，大全也苦笑笑，他说："成子，你有福哩。"成子觉得大全也很苦，大全回乡时总要翻出那件皱巴巴的西服和皱巴巴的领带，虽然这穿在身上有点不伦不类，可大全觉得这些给他争回了不少面子。大全要的就是这份"面子"。成子有一次在路边地摊儿上看到大全用的那种气体打火机摆了一地，就问人家多少钱一个，人家说一元行不？成子说不要，摊主说真要8毛也行。成子觉得大全有点虚伪，可成子想，如果自己有一天从城里回乡，是不是也要像大全那样，把自己伪装成一副在外混得不错、春风得意的样子。

7月底，成子才领到他的第一份工资，这时候小松早已高考完毕，分数快要下来了，成子一直没有小松的一儿点音信，他不知道小松考得怎么样，他想，小松高考一结束就回家了吧，成子也想回家去看看，长这么大，他是第一次这么长久地一个人远离家乡，家的概念也第一次在成子的心中清晰起来，常常在闲散的时候，心像被什么东西一点点地啮咬着。不过，这种时候并不常有，闲散的时候也少得很，到了夜晚，成子的头一挨上草席就昏昏沉沉地进入了梦乡。有时，他也做些乱七八糟的梦，在梦中，有一次他的手竟然拉着对面铁皮屋里的那个女孩，两个人面对面地相互凝望着。梦中并没有别的实质性的内容，可这一简单的画面在成子醒来时竟清晰地印在了他的脑海中，让成子一整天干活都心不在焉。

　　成子决定去买一身新衣服，那棉布上衣和布鞋早已被他穿得破旧不堪了，现在成子手里有钱，他喊上大全，在下午下班后随着黄昏的落日去了不远处的一家集贸市场。大全为成子挑了一件的确良上衣、一条天蓝色的短裤和一双人造革凉鞋。当成子回到工地把那一身破旧的衣服脱下，穿上这一身新买的衣服时，成子觉得自己不是成子了。大全说："成子，把头发洗洗吹吹风，再打上摩丝，走在大街上绝对是一个城市的小帅哥。"大全说着把成子那一身破旧的衣服卷成一团从窗子扔了出，站在大楼的四层的一个房间里成子伸出头往外看，他那身旧衣服在半空中四散开来，飘飘荡荡地落在大楼下面的污水沟里。大全说："成子，这身衣服早该扔了，穿上去像个叫花子一样，现在走在大街上看谁能再说你是一个山里娃？"成子什么也没说，只是呆呆地看着窗外，心里有一种透不过气来的沉重。

成子觉得城市真是不可思议，短短的两个月时间已把自己彻头彻尾地改变了，从形象到内在，正一点点地改变他原有的生活习惯。成子决定从明天早上开始刷牙，刚出来时他看到大全拿个白刷子往嘴里捣出许多像牛嚼出来的白沫沫，看着想笑。不过，他也发现，大全以前的黄板牙真的慢慢变白了，比以前也好看多了。大全说，这就叫卫生，知道吗？

成子穿着那一身刚买的新衣服觉得腰杆比以前直多了。他来到小铁屋前还没开口，那个皮肤像雪一样白的女孩已露出了一脸笑容，当他结结巴巴地说完要买牙刷、牙膏时，女孩仍是一脸笑容地看着成子，把成子看得心慌意乱，心里像有只小鹿在横冲直撞。他慌忙把目光从女孩的笑容上移开，四下看看，却看到身后不知何时也站了一位买东西的，显然，女孩对他的微笑服务已完毕，她是冲成子后面的那一位用微笑询问的。成子的心一下子由沸点沉到冰点，他感到浑身冰冷，大脑中一片空白。成子对自己说，成子，你自作多情哩，人家能看上你？拿过女孩递过来的牙刷、牙膏，成子不知道是怎样穿过马路的，整整一天，他对谁都没露出一个笑脸。成子忧伤地想，她怎么会看上一个走路蹦跳的山里娃呢？成子不懂爱情也未品尝过爱情，可已深深被爱情所伤害了。

　　成子站在工地的大楼上心事重重地向下看，发现小松正站在工地的大院内东张西望。成子一阵惊喜，大声地向下喊："哥，我在这！"小松抬起头，厚厚的镜片里闪出了一圈光，他只听见了成子的声音却看不清他的面孔。成子慌慌张张地跑下楼，见面立即拉住了小松的手问："考得怎样？哥。"

　　小松也很激动。他说，前两科考得不理想，不过后面他的心渐渐地稳定了下来，余下的几科考得还算可以。老师们都说以小松平时的成绩考个本科该是不成问题的，现在他想如果能考上专科就不错了。或许，他连专科分数线都不能过。小松对自己考得怎么样也不清楚，这些天他想都不敢想，一想头就胀得厉害。小松的气色很憔悴，像是刚刚大病一场似的，在老家的这些天他无所事事，常常黄昏站在山峰上往西看，太阳早已被一层又一层的大山遮挡住了，山里的夜晚来得特别早，在一个又一个漫长的夏夜里，小松神经紧张。他对爹说："爹，我想去找成子，分数一下来离学校近也方便打听。"

　　爹说："分数一下来就快回来，羊和牛得早点出手，要不赶不上你交学费。"

　　小松紧锁着眉头对成子说："成子，要不你给经理说，让我也在这儿打个小工。"

　　"你？"成子惊奇地看着小松不敢相信。小松的脸更红了，他站在成子的面前仿佛成子才是他的哥哥，他是成子的弟弟。小松说："成子，说说又不坏事，让干就在这儿干，不让干就走。"成子说："哥，我主要是担心你的身子，这活儿可重了，我怕你受不了。"

小松说："我能，成子。再说挣点钱我也好交学费。"

成子忐忑不安地把小松带到经理面前，结结巴巴地说完，经理却爽朗地笑了，他说："看你细皮嫩肉的也不是干活的料，不过留你一段时间算是帮你勤工俭学吧，山里的孩子我相信，你们也不容易，就跟着你哥成子一起干吧，一天15元。"经理把成子当成了小松的哥哥。

太阳快要落山时，抡了一天铁锤的小松胳膊再也抬不起来了，他感到浑身又酸又疼。成子说："收工吧，哥，你没干完的活我明天帮你干。"小松想说我自己干，可又说不出口，他心里堵得难受，仅凭他这一把力气是完不成一天的工作量的。成子说着就要收拾整理扔在水泥地板上的工具，无意中抬起头，却看见下面不远处的公路上排成一列有几十辆拉砖的手扶拖拉机，停靠在路边一辆接一辆，有一里多长，每辆车上都有一个满身灰尘的拖拉机手，砖车上面半卧半躺着一个满身疲倦的跟车的。他们停在前面进入市区的路口边，在日落的黄昏下等待着下班的高潮过后被交警放行进城。这一车车的砖，不知又要在城市的哪个角落里矗立起一座座高楼大厦了。成子说："哥，不知道这幢楼盖好后谁来住，我们再来看时他们不知道这幢楼就是由我们盖好的。"小松看着成子，成子的眼睛里满是他那个年岁里不该有的忧伤。成子真的长大了，长大了的眼里才有郁郁的忧伤。

　　小松随着成子的目光往下面看，路边黄昏进城的拉砖车和自己现在一样，也是满身灰尘疲倦。小松的心也沉了下来，分数还没下来，自己的命运会飘向何方呢？即使分数下来了，自己又会在哪儿生根发芽呢？他这一代，即便是走进了城市，而根仍然在农村，在那座大山里面，城市这个目标，他去终生奋斗。小松这样想着的时候，那一辆辆拉砖车已缓缓地向市区行驶了。成子这时忽然想起了什么似的，感性地对小松说："哥，城里人太能了，自来水装到瓶中当矿泉水卖，要是把咱后山的泉水都装到瓶中去卖，一定能卖上好价钱，城里人也一定喜欢喝。可惜，咱那儿的山连车都开进不去。"

　　小松说："快了，成子。这次我回老家，有许多人正在那儿勘测线路，说要往山里修盘山公路，开辟旅游景点，开发咱们的大山呢。"

　　"真的？"成子说，"如果是这样那我就回家修路去，等路修好了，我就把后山的泉水都装到瓶子里，然后再起一个好听的名字，拉到城里卖。"

　　小松露出了难得的笑容，对成子说："那我的成子兄弟不就成了大老板了吗？再等到黄昏进城，你就不是步行或搭手扶拖拉机了，而是坐小轿车了。"

　　成子认真地说："到那时你上完大学我就把你聘请回来搞技术，开发咱们大山。"

　　"一定？"

　　"一定！"

　　成子和小松不禁为自己这宏伟的理想笑了，空气也变得轻松了，压在他们心头多日的阴影仿佛也一扫而空。看路边，一辆辆拉砖的手扶拖拉机缓缓移动，在落日的黄昏里，徐徐开进了城市里。

等待一棵成长的树

　　三十多年前，那时我也就十八岁吧，或者十九岁，我不知道该说虚岁或者周岁，反正那时的我十八九岁。十八九岁属于那个秋天，是一个充满了忧伤的秋天，因为，那年秋天，我高考落榜了。

　　学校开学已两个月了，考上大学的同学们早已像小鸟一样快乐地飞走了，没考上大学的同学，收拾好课本，坐在了高三的复读班里。那时的我每天早上起来，用冷水从头到脚浇一遍，然后胡乱找点吃的东西塞饱肚皮，走到大街上开始了一天的游荡。

　　我们小镇也就六七千人口，我常常从街东头走到街西头，又从街南头走到街北头，我一间门店接一间门店就这样毫无目的地走着。小镇上许多人都认识我，我却不认识他们。那天我走在一个服装店的门口时遇到了小艳，那时并不知道她叫小艳，小艳正在与服装店的老板争吵。服装店的老板四十多岁，长的又黑又胖，他气狠狠地把手背在身后，说：怎么可能呢？怎么可能呢？

小艳的手里拿着一件粉红色的上衣，什么话也不说，只是把那件上衣举到老板的面前，冲他一个劲地冷笑。小艳冷笑着与老板僵持了一会儿，她说：你换不换？许多看热闹的围成了半圆，路过的人不断加入这个圈子。我听人们小声议论，小艳前一天在这个服装店里买了这件粉红色的上衣，谁知这件粉红色的上衣一只袖子是破的，粗心的小艳拿回来找店主换，店主却不承认，于是就吵了起来。

那个又矮又胖又心虚的店主就硬撑在那儿，周围没有人替小艳说句公道话。这时，也不知什么原因，我走上前去，冲店主说："人家在你这儿买了破衣服，你不给人家换，你说你这样做生意，以后谁还敢上你这儿买东西？"听我这么一说，有人小声劝那店主："你知道她是谁，得罪了这类人，以后你的生意就做不成了。"

最后店主退让了。小艳拿着换回的衣服，她友好而意味深长拍了拍我的肩膀，让我激动了好长时间。小艳走后我听周围人议论纷纷："哼，流氓！"也有人嘀咕说，看上去眉清目秀的我，怎么会和女流氓是一伙的。

这些议论我都听到了，天啊，她怎么会是流氓？她看上去至多十五六岁，她的眉毛天生又弯又细，眼睛又大又圆很明亮，嘴唇又鲜又红。

第二天，我在街上闲走时，小艳又出现了，显然，她是在街头等我的，她大声和我打着招呼，看见她那漂亮得出奇的脸上的笑，绝对是一种纯真率朗的笑，那笑让任何富有想象力的人都想不到，有这样笑的女孩会是一个"女流氓"。

于是我们相识了。她告诉我，她叫小艳。

小艳有一辆红色的坤车，她让我坐在坤车后面，她骑着坤车飞快地在街道上穿行，撒下的一路铃声般的笑声，行人纷纷躲闪。躲闪的行人向我们吐口水，不过，我们看不到也听不见，因为我们的欢声笑语覆盖了大街上嘈杂的喧闹声。

小镇外就是秋天的田野。大豆已经结荚了，玉米已经挂棒了，棉花的蕾铃快盛开了。我和小艳气喘吁吁地来到一片玉米地的田埂边，坐在青青的草地上，仰望着蓝蓝的天，谈论着少年的快乐和烦恼，她如同我的红颜知己一般。那一天，我们都忘记了烦恼。那一天，是我高考落榜后过得最开心的一天。

晚上回到家中，父亲面对我照例在叹气，他说："小帆，你这样游荡也不是个办法，你想过以后该怎么办吗？"父亲的话让我轻松一天的心又沉重起来，是啊，我该怎么办？

父亲在小镇开了一家烟酒小店，出售着劣质的香烟和散装的白酒。小店里凌乱不堪，落满了灰尘，我一回到这烟酒小店里，心里也落满了灰尘，一点也快乐不起来。难道我就这样无所事事，然后继承父亲的烟酒小店，做一个灰头土脸的老板？其实这个问题父亲和母亲已讨论过无数次了。像我父亲这样身份卑微的人，只会无能为力地叹气。那天晚上父亲想了好久才对我说："要不，你去当兵吧，你是高中毕业，说不定还能考上军校，即使考不上军校，也能在军队学点技术，转业也好找工作。"

在我们那个小镇上父亲说的也是条出路，只不过，当兵也不是容易的，许多人都想挤着当兵，像我这样、没有门路的人，能当兵走的希望太渺茫了。父亲对母亲说："要不，去找找海永吧。"海永是我的舅舅，在县城一家单位当了一个不大不小的官，他就是一个复转军人，或许会有一些门路的。母亲想了想，也只好这样了。

第二天一大早，母亲就叫醒了我，草草吃了点饭，母亲让我把鸡笼里的两只下蛋的老母鸡抓了出来，用绳子拴好，装进了一个蛇皮袋里。母亲让我跟她一起去县城舅舅家，临出门走时，母亲想了想，又让我把家中那只老黑鸭也装进了蛇皮袋里。小镇距离县城四十多里地，我骑着我家那辆二八加重自行车，后边坐着母亲，母亲把蛇皮袋抱在怀中，一路上，那两只老母鸡和一只老黑鸭都温顺地待着，不叫也不挣扎，它们根本不知道，一进县城我舅舅家，它们的生命马上就会结束。

舅舅家住在县城里的一幢民房里，舅母一看是我和母亲来了，脸上就显出了不高兴，直到母亲把蛇皮袋里面的两只母鸡和一只老黑鸭拎了出来，问她放在哪里，她脸上才露出了一点儿笑容。

舅母中午在厨房做饭时，母亲才在客厅里面把我想当兵的事告诉了她的弟弟。想不到舅舅答应得很爽快，他说：没关系，从镇上的武装部到部队里他都认识一些人。我当兵的事好像就这样定了下来，回家时，我和母亲都是一路欢喜。母亲说：课本不能丢。我说，嗯。母亲说：要考军校。我说：考军校。

回到小镇上我又见到了小艳，她的眼窝青青的，半边脸也是青青的。我问小艳你这是怎么了，小艳说是被人打的。我握紧了拳头问：是谁。小艳说：是我爸。我握紧的拳头就又松开了。我说：小艳，对不起，我不知道是你爸。

小艳说，他就是要"卖"我哩，我才十六岁，我不能让他把我"卖"给收废品的刘老二。刘老二我知道，在街头开了个废品收购部，整天摆弄那些脏兮兮的废铜烂铁，刘老二因此也脏兮兮的，头发老长，一缕一缕的；胡子老长，乱七八糟的；指甲老长，藏污纳垢让人看着恶心。不过，刘老二发了财，谁也不知道他存折上存了多少钱，整天与废品打交道的刘老二都三十岁了，小艳他爸真是财迷心窍了，让刘老二老牛吃嫩草。

小艳一脸的忧伤，不过，很快她又快乐起来了。她说：好了，不想那些乱七八糟的事了，我方小艳可不是那种坏女人，也不是那种好欺负的女人。天啊，小艳说她是女人。我当时误解了小艳，现在，城市里的女人三十多岁了，还处处称自己是女孩哩，她们还真是女孩吗？其实，小艳在我眼中才是一个小不点儿的女孩子，就像我家院中去年刚栽种上的那棵小杨树，那是一棵正在成长的树啊！

小艳说的"我们"我知道是她的那些朋友们。有街东头的小刚，他爸是杀猪的王大海，他妈早病死了。王大海一脸横肉，手里拿着一把杀猪刀，他白刀子进去红刀子出来。小刚像他爸王大海一样，初中没毕业就跟着他爸杀猪了，也白刀子进去红刀子出来，谁敢惹小刚？小艳的朋友我知道还有大强，大强他爸是我们镇政府食堂里的厨子周思见长得又白又胖，整天眯着眼，见人就笑。他的儿子周大强却是又黑又瘦，根本就不像他。周思见好像也看出来了，于是就打他的老婆，他老婆就杀猪般地号叫着，骂他是"龟儿子"，周思见他老婆是四川人，她的叫骂半条街的人都能听到。周思见又寻找儿子，周大强蜷缩在一旁，眼里满是畏惧。周思见轻蔑地看一眼他这个儿子，恨恨地骂：野种！

周大强十二岁起就开始在镇上卖些袜子之类的东西，放在塑料单上摆地摊，旁边是着王小刚的肉摊，王大海杀猪王小刚卖

肉，逢集人多时，两个稚嫩的声音此起彼伏：卖肉呀——谁要袜
子裤头——还有一个声音是小艳的，小艳弄了个眼镜摊，架子上
挂满了太阳镜、遮光镜什么的，她也戴着一个太阳镜，有时候是
蓝镜片，有时候是黑镜片，还有时候是黄镜片。小艳戴着太阳镜
就是活广告，她挽着头发，抹着口红，双手叉着腰，一点也不像
十六岁的样子。小刚、大强和小艳的摊位一个挨着一个，有时谁
有点事离开一会儿，另两个就会自觉地帮他看着，如果这一天谁
的生意特别好，就会请上另外两个或者是去小镇东边的影剧院看
电影，或者是去小饭馆撮一顿。他们一起抽烟，一起喝酒，一起
骂娘，小镇上许多人们都冷眼看着他们，对此我并不感到奇怪，
一定把小艳和她的朋友们当成了教育儿女成才的反面教材，而
且，他们大多也会顺便提及我，因为，我也成了小艳还有她朋友
们的朋友，他们会说我，一个曾经很好的孩子，怎样跟着小艳变
成了一只令人讨厌的"苍蝇"。

　　我无所事事，挣不来钱，连自己也养活不了，小刚、大强、
小艳他们吃饭看电影大都喊上我，我却有点儿不好意思。小艳用
手随意拍拍我的肩膀，她说：走吧，别不好意思。我说：你们每
次都叫上我，我还没请过你们呢？小艳说：那有什么？我们是哥
们儿了，你还这么小家子气？

　　小艳总是这个样子，她泼悍，倔强不驯，一点也不像个女

孩子。那时我看过《红楼梦》，看过《红与黑》，还喜欢看"啊，梦中的女孩"之类抒情的诗歌，整天把自己弄得多愁善感，想着像小艳这样的女孩子，应该是羞羞答答的，那样才像淑女的样子。那时候，我还想小艳会不会真的是一个"女流氓"呢？我仔细观察过小艳和小刚、小艳和大强的关系，结果我发现，十八九岁的我真是太复杂也太卑鄙了。小艳和她的朋友们可以吸烟，可以喝酒，可以看电影，但他们绝对是很阳光的友谊，他们的交往不存在有杂念，他们在别人的冷嘲热讽和鄙视中，真诚帮助，互相团结，他们只是倒弄些东西挣些小钱，偷盗、抢劫之类的事他们从来没干过。现在，我知道小艳和她的朋友们大都从做小买卖到大买卖发了财，当许多人认为他们的钱来路不正而咬牙切齿时，只有我知道他们是怎样艰辛地挣扎。

父亲很快知道了我和小艳他们浑在一起。父亲恨铁不成钢地对我说：你看你混成什么样子了？你看你堕落到哪里了？我挺倔强地说：我怎么啦？父亲说：怎么啦？你跟流氓鬼混在一起，还说怎么啦？我说：你说话得有根据，谁是流氓啦。

父亲气得咬牙切齿，他说：方大头这个赌棍能养出什么好闺女，你们那些事我知道得一清二楚。我反而不生气了，我笑了，说：亲爱的爸爸，看人不能只看表面现象，如果你真知道得一清二楚，你就会知道，你的判断是错误的。

　　我把父亲气得说不出话来，他手指着我，"你、你、你"了好长时间，却什么也没"你出来"。我想，父亲是糊涂了，小镇上的人都糊涂了。

　　父亲从此不再让我出去游荡，他把我高中时的书本都找出来了，他说：你好好复习功课吧，准备着当兵，准备着上军校。父亲说的是那样的肯定，好像我一定能当上兵，当上兵就一定能考上军校似的，我知道父亲想是这事肯定能行，舅舅都答应了，我舅舅是谁？他是县城一个单位里不大不小的官，镇上武装部有他的朋友，部队里来接兵的有他的战友，或者是他战友的战友，舅舅都答应的事肯定能成。

　　我已经有三天没见到小艳了，我的日子每天都过得度日如年。那时候我们没有手机也没有电话，我想，小艳会在干什么呢？第四天时小刚和大强来找我了，他俩不敢直接来我家敲门，在我家的房后面用砖头不轻不重地敲了几下，然后，吹了两声很响亮的口哨。这是我们商量好的暗号，我父亲把我囚禁在屋中让我学习"ABC"和"XYZ"，他说我不能跟着一个杀猪的女儿和酒鬼的儿子学坏了，也不能跟着一个没人管的杂种乱跑，小刚和大强知道了这些就不敢光明正大地上我家约我了。

　　我待在屋中一点也学不进去"ABC"和"XYZ"，如果我能学进去，凭我的聪明早在高中毕业时就考上大学了，听到小刚和大强的口哨声我的心立刻就飞了出去。不过，我得装着什么事也没有，一点也不能急躁，一点也不能兴奋，我稍稍停了一会儿才走到父亲身边，说：爸，有一道数学题我不会做，我想去请教请教李老师。李老师在镇中教学，是我家的邻居。父亲一听我说的是学问上的事，就立刻摆了摆手绿灯放行。我兴奋得心都要跳出来了，一走出父亲的视线，立刻像笼中的小鸟飞回了大自然。

小刚和大强等得已有点焦急。我一看就他两个，不见小艳的影子，就问：小艳呢？

小刚和大强就告诉我说：找你就是为了小艳，小艳被方大头锁在屋中了，方大头欠了人家五万元赌博，他要把小艳卖给收废品的刘老二，刘老二都三十了，你说我们能答应吗？我立刻很干脆很坚决地说：不答应。我们把小艳当成了的妹妹，小艳十六岁，小刚和大强一个十五岁，一个才十四岁。

小刚和大强想到小艳家把小艳救出来，他们想到了我，叫上我做他们的帮手，我们都是哥们儿，为哥们儿两肋插刀那是应该的。我们一行三个人浩浩荡荡地来到小艳家，站在门外一齐喊：小艳——小艳——

小艳在里面听到了，她趴在窗户上，把手从窗户空里伸出来，兴奋地向我们招手，小艳都快绝望了，现在，她看到我们，她又有希望了。

方大头出来恶狠狠地说：号！穷号个什么？这是一双典型的赌徒的眼睛，眼圈发黑，眼睛布满了红血丝。我们说：你把小艳放出来！

方大头说：放不放关你们什么事。我说：方大头，小艳是不是你女儿，是你女儿你就不应该这样对待她，她才十六岁，你赌博已经犯法了，现在你还想再犯法，信不信我去告你？小艳在屋中大声说：你不是我爸，你赌博已经逼死了我妈，现在还想逼死我，我死给你看你高兴了吧。周围许多人都围上来看热闹，方大头立刻软了，他看看周围一张张面孔充满了鄙夷。他把头低了下去，过去把锁打开，再也不敢看任何人。那一时刻我才觉得，其实这个方大头是多么的渺小。小艳走了出来，她头发凌乱，脸色苍白，眼睛深陷，解放出来的小艳，没有一丝高兴的样子，她走到方大头的面前，跪了下来，说：以后只要你不赌了，你还是我爸，你老了我还要养活你。

那天我一回家父亲就给了我一个耳光，我们今天做的事父亲全都知道了。血顺着我的嘴角流了下来，流到我的衣服上，又流到我的脚背上。我冷冷地看着我的父亲，我想说：爸，我没有错，你为什么打我。但我不会跟父亲说的，说了父亲也不懂。我想，如果这个世界上的人心都像父亲一样，这个世界就完了。

从那天起父亲把我看得更紧了，他不让我出去，让我待在屋中，面前就放着语文、数学、英语的课本，然而，我的眼睛盯着那些书本里面的文字，心却根本进不到里面去。我就这样坐着，脑子里整天想着许多乱七八糟的事和稀奇古怪的东西。

冬天终于来了，征兵开始了。我知道，自从我和母亲从舅舅家回来，我们一家就一直为我去当兵准备。现在，征兵终于开始了，母亲决定领着我再去一趟舅舅家。去的时候，我们带了半蛇皮袋红薯和半蛇皮袋绿豆。舅舅突然对我当兵的事不热心了，他说：当兵有什么好，当兵吃苦受累又不挣钱，不如让小帆做个小生意。再说了，当兵也不一定让考军校，让考军校你也不一定就能考上军校。舅舅的突然变化让我和母亲都摸不着头脑，舅舅对我当兵的事变冷淡了，他不热情了，那我就有可能当不成兵。小镇上有许多有钱有势的人，都想把他们的儿子送到部队上去锻炼锻炼，然后再找个出路。我能比过李冰志吗？不能。他父亲可是我们镇的副镇长。我能比过曹雪山吗？不能。他父亲可是我们镇派出所的指导员。我能比过丁光盛吗？不能。他父亲可是我们镇计生办的主任。还有，还有许多我不知道的人，他们都想那一年当兵，你说，如果我舅舅不管我了，我还能当成兵不？

那一年征兵报名时，我遇到了董浩。董浩是我舅妈的娘家侄儿，一遇见他我的心不由一惊，不过，我立刻又放松了，因为我知道他是个罗圈腿还色盲，就凭这两点，董浩是不符合当兵条件的。我太天真了，那时我怎么也不想想，明知不符合条件的董浩来报名当兵，那肯定是有人照顾的。

那一年的冬天特别冷，雪早早就飘落了。我陪着别人一起报名，陪着别人一起体检，然后，就傻乎乎地回来了，直等到新兵发服装，坐上火车，我才彻底明白，我只是别人的陪衬，当兵的路彻底堵死了。

后来，我们知道董浩当上了兵，光荣地成了空某军后勤部队的一名战士。这时，我们一家才明白，我们是被人欺骗了，被人愚弄了，那鸡鸭白送了，那红薯绿豆我舅舅一家能吃上好长时间吧！我又可以偷偷地跑出去玩了，小艳还在卖眼镜，只不过不卖太阳镜了，冬天的生意很是冷清。小艳也少了许多爽朗的笑，那曾经的笑让街上许多人侧目，我想，小艳这是怎么啦？她才十六岁，十六岁正是少女的花季，十六岁正是一棵成长的小树，她不应该和我一样有忧伤。小艳不笑的时候很像一个淑女。

我很没精神，小艳说：我知道你没当上兵。我的脸微微发红，我早就对小艳说我要当兵了，我舅舅都答应了，他那么肯定，我没有理由当不成兵，小艳和我就常常提起当兵的事，我说，我当上兵第一封信就写给你，我当上兵照一张穿军装、挎着冲锋枪的照片给你。小艳的一双眼睛就有了精神说：真的。我说：真的。那时我说的就跟真的一样，现在，新兵们早已被列车运往祖国的四面八方，然而，当兵走的却不是我，走的是那个罗圈腿、色盲眼的董浩，我被舅舅欺骗了，如果欺骗我的人和我没有一点关系，也许我还不会生气，但是，他是我舅舅，我母亲的亲弟弟，他还不如小艳，不如小刚，不如大强，不如我的许多朋友，他给我的心灵造成了伤害。

那个冬天，小镇上发了财的一个老板，在小镇建起了有史以来的第一个舞厅，小镇上淳朴的人，对那些搂搂抱抱的行为颇为反感，他们都教育子女永远不许去那个舞厅，那个老板仿佛也成了教唆犯一样，成了人们的众矢之的。一天晚上，我偷偷跑了出来，跟小艳一起去了舞厅，我一直以为小艳是会跳舞的，像我们这样的"流氓"，所有的人都以为我们应该会搂搂抱抱地跳舞的，进去了之后，我才知道小艳不会跳舞，我们只是静静地坐在一个角落里看别人跳舞，在缤纷的灯光下我看见小艳用手支着下巴，眼神里充满了忧郁。小艳说：你以后别跟我在一起了，也别来这个地方了，你是高中生，该多读些书，读书是有好处的，跟着我你会学坏的。

我说：小艳，你是一棵正在成长的树，我们没有良好的环境，没有丰腴的土壤，只有依靠自己生长，许多人没有走到那倒霉的一步，只会对别人指指点点，我并不以为你是坏人。

小艳一下子抓住了我的手，她和我离得那么近，在变换的灯光中从她身上散发出的无声无息的青春气息，我们谁都没有动，也没有再说什么，彼此凝望时已泪痕满面。

走出舞厅的门口，我父亲一下子从一个黑暗的角落里窜了出来，他已经守候并盯梢了我们许久。他一把抓住我的脖领，说：以后你再跟这个女流氓鬼混，看我不打断你的狗腿！我看见小艳的目光中射出了仇恨的光芒，但她看着在父亲手中无声挣扎着的我，瞬即又黯淡下去。小艳手捂着脸转身跑开了，那一时刻，我只是憋闷得难受，想叫小艳，却什么也说不出来，那是我和小艳在一起的日子里，唯一的一次见她这个刚强、泼辣、倔强不驯的女孩流泪。如果我对人们说，我和小艳之间是清白的，谁又会相信我们呢？

第二天，我在街口等了许久，也没有见小艳骑着那辆坤车飞也似的奔过来。第三天，没有。第四天，也没有。后来我去找了小刚，找了大强，他们告诉我，小艳已经去了南方，她在冬天的雨雾中去了南方，她走时，让他们告诉我，那棵小树会自己生长成一棵参天大树的。小刚和大强都不明白小艳这句话的意思，但他们原话转述了。我说：谢谢你，小刚，谢谢你，大强。

后来，我也背着行囊去流浪，在都市滚滚的人流中，漂泊生存的艰辛使我居无定所，渐渐地便失去了与小艳的联系，不过后来，我听说小艳在南方已拥有了自己的门店，手下有四五个和她一样有朝气的男孩女孩叫她艳姐或老板。今天，我更加坚信，小艳是一个好人，无论别人怎么说。只是，小艳或许不知道，一直在等待着我们说过的那棵成长的树。

谁的梦想比谁的长

方小放

方小放。方小放是谁？方小放就是我，我是红星酒店的厨师。

红星酒店的老板徐老虎叫我小方，红星酒店的勤杂工叫我方师傅，红星酒店的服务员叫我方哥，不过，刘雅例外，刘雅一直叫我小弟。刘雅是个黄毛丫头，头发染得黄黄的，皮肤抹得白白的，我在操作间忙得满头大汗，刘雅的头探过来，她嗓门高，叫声覆盖了排气扇的嗡嗡声，覆盖了菜放进热油锅里的吱吱声。透过升腾的白色烟雾，刘雅冲我高高叫道：小弟，客人都用筷子敲桌子了；小弟，客人催得我都不敢进去了。

我心急火燎那时我说，刘小丫，我是你哥，再贫嘴看我收拾你。

我在红星酒店已经干了四年。四年前我还是个十六岁的小男孩，刚进红星酒店时，只是个勤杂工，杀鱼、宰鸡、择菜、拖地、倒泔水，酒店里的脏活累活苦活我都得干，这样的工作最主要是烦琐，每天从床上爬起来睁开眼睛，一直能干到晚上十二点后，我常常是在累得直不起腰的时候偷偷歇一会儿。可是，我很满足。满足的原因是每个月老板徐老虎能给我发150元钱，我满足是因为在这里常常吃得满嘴流油。客人们走后撤下来的盘子，有时整只烧鸡筷子动都没动；有时一条红烧鱼躺在盘子里，上面只剩下了一排刺，可把它翻过来，另一面却是完好无缺。这些东西，最后都成了我们口中的美味佳肴。

我吃得油光满面，又白又胖，春节回老家时，村子里面好多人都认不出我来了。他们说：小放，在城市享福了；小放，城市把你养肥了；小放，你在城市都吃了些什么？我是不会告诉他们，我在城市里是吃人家剩菜的，那些剩菜，如果我们不消化掉一部分，老板会把它们全部倒到垃圾桶，然后郊区的农民骑着三轮车把它们拉走，变成猪的美味佳肴，猪吃了长大了，又变成了城市人桌子上的美味佳肴。所以说，我在城市里其实是吃猪剩菜的。城市人嘴里掉下来的残羹剩饭，就把我养得肥肥胖胖。

有人问我：小放，是你舅舅给你找的工作吧？一听到问，我的心一沉。我知道他就在我打工的那个城市里工作，但是，算算我至少有十二年没有见过他了，关于舅舅，他一直留在我童年的记忆里。可是，他们都知道，他是我打工的那个城市里最亲的亲人。

我仍然面露微笑，说，是的，是我舅舅给我找的工作。其实，我连他家的门朝哪儿都不知道。如果有一天我见到他，一定要问：你还是我的亲人吗？

我在红星酒店打杂的时候，酒店里所有的人都能使唤我，大堂经理可以训斥我，大厨可以吩咐我，就连那些包间里的女服务员，也可以冲我说：方小放，去给厕所冲冲，里面脏死了。方小放，去把便纸倒了。方小放，去把痰盂洗洗。她们带血的卫生纸让人看了要多恶心就有多恶心，可是，我必须得立即放下手中的活去干，要不，那些抹着白脸画着细眉的狐狸精们就会到老板哪儿去告我。老板徐老虎三十来岁，虎背熊腰，你别看他在我们面前凶得像老虎，可在客人面前软得像绵羊。这世道，真是一物降一物。徐老虎根本不管真实性，就听信了她们的话。

只有刘雅对我好，她说：小弟，你这样打杂也不是个办法，不如学个厨师吧。我说：我也想学厨师，可谁教我？刘雅说：你不会偷着学呀，世上无难事，只怕有心人。

从此以后，厨师们炒菜的时候，我常常给他们打下手，像孙子一样地讨好他们，先学炒个青菜，再炒个肉丝，再学个糖醋鱼，终于有一天，一个厨师辞职不干了，徐老虎说上劳务市场找个厨师时，我毛遂自荐，说不用再找人了吧，我就能干。徐老虎不相信地看着我。我说你点两个菜，我做好给你尝尝。徐老虎就真的点了两个菜，我做出来后他每个菜只尝了一口，就啪地放下了筷子。我看他的目光有点怪怪的，心里七上八下，紧张得要命。慢慢地那目光里有了一点笑意，我僵硬的脸上也挤出一点儿笑容。徐老虎说，行啊，小子，什么时候学的？从今天起你不用打杂了，到厨房去给大厨海胖做下手。

我脸上挤出来的那点笑很快就蔓延到了面部所有的肌肉，就像一个摔破的红瓤西瓜一样，灿烂一片；又像一个被踩扁了的西红柿，五官部位被挪得乱七八糟。

我的地位提高了，待遇也提高了。

我找到刘雅说：刘小丫，我请客，地点你定。刘雅说，第一，我现在叫刘雅；第二，你要问我叫姐；第三，你要做好挨宰的准备，多带点儿钱。

刘雅

刘雅在叫刘雅之前，其实叫刘小丫。

小丫一听就是一个很随的名字，沾满了土腥味。刘小丫在决定改名叫刘雅的时候，我曾对她说：刘小丫，这个名字不是挺好的吗？中央电视台有个主持人叫王小丫，人家就没怎么嫌弃这个"小丫"。刘小丫说：如果我是王小丫，那我也不改名了，从今以后，你要叫我刘雅姐。

我说：你想得倒美，小丫，小丫，小丫，我永远叫你小丫。

后来，我想，改名为刘雅的刘小丫，是不是要同过去告别，连同名字一样丢失在记忆里。

刘小丫是我的好朋友，我们两家隔着一道山梁，从小学到中学，我们都在一起。那时候刘小丫疯玩，好斗，像个男孩一样。我们在一起玩，友谊纯洁得像雪一样，又像阳光一样透明。不像现在城市里的男孩和女孩，像刚泡上的豆芽菜一样，就知道早恋了。

那时候的刘小丫头发短得像个男孩，衣服穿得破破烂烂，也没有心事。后来初中毕业了，我待在家中放羊，刘小丫到城里打工。有一次她从城里回来，我惊讶地发现她变了，变得好看了。她的头发变长了，染成黄色披在肩上；她的衣服变得时髦而得体，干净又整洁；她那脏兮兮的长鼻涕早就不见了，粉红色的瓜子脸上抹着淡淡的雪花膏，透出一股好闻的气味。我不由看得目瞪口呆，这是刘小丫吗？

刘小丫显然注意到了我的目光，脸上不由泛着好看的红晕。我说：刘小丫，城市让你变美了。刘小丫的性格还没有变，嗓门老高，她说：我改名字了，从今以后你要叫我刘雅，刘小丫已经消失了。

我说：行啊，一到城市连名字都改了，连家乡也忘了，城市有那么大的诱惑吗？有机会给我介绍一个工作。

刘雅说：真的吗？我打工的那家酒店正缺一个勤杂工。

就这样，我抱着对城市的好奇、恐惧和向往来到了城市，开始了打工生涯。

我在酒店做了两年半勤杂工后学会了厨师，刘雅有一天对我说：方小放，你学了一门手艺，以后吃饭就不发愁了，我就不行了，整天就会端个盘子，也不知能端几年，有一天变老了，端盘子也没人要了。刘雅有点伤感，我想不到整天看上去嘻嘻哈哈的刘雅，原来也有忧伤。这时她更有一种说不出来的美。不知从什么时候开始，我和刘雅说话不再嘻嘻哈哈了，她让我叫她姐，我让她叫我哥，我们就这样整天争来争去，后来，刘雅突然开始叫我方小放了，我也不再叫她刘小丫了，而是很正儿八经地叫她刘雅。

我说刘雅，不如你也学门技术吧。她说：学什么？我说：就学电脑吧。她说：我笨，怕学不会，再说，整天端盘子，累得贼死，哪有机会？不像你学厨师，近水楼台先得月。

我沉默不语了，我所能做到的，就是刘雅服务的春香厅包间的菜单递上来时，尽快把菜做好，不耽误客人的时间，满足客人的口味。有一次，客人不多，楼下的大厅里就零零散散几桌人，楼上的包间里就刘雅的春香厅一桌客人，操作间里一时没什么事干，我突然就想去楼上的春香厅包间里看看，来的那一桌究竟是什么客人，因为，我听别的服务员们叽叽喳喳地说，在饭店消费买单的主，每次来都要到刘雅负责的春香厅，看来，他是故意要照顾刘雅的，因为包间根据客人们的消费额，是有一定提成的。

春香厅包间的门从里面紧锁着，不过，门旁边那个传菜孔的两扇小木门却没有关严，我隔着那一道缝隙往里看，里面坐了五六个人，正座的是一个胖子，理着平头，戴着金丝眼镜，他正面对着房门，迎着光线，他的脸看上去膨胀得有点儿变形。刘雅给他斟酒时，他一下子就抓住了刘雅的手，非让刘雅陪他喝一杯。刘雅说不会，他手一用力，把刘雅拉入了他的怀中。胖子喝得有点多了，眼睛有点色眯眯的，刘雅挣扎着要站起，他的手死死地抱着她，旁边的男人们津津有味地笑着，谁也不上去劝他一句。我隔着缝隙看得火往上蹿，手使劲地敲了敲门，里面没了动静，再使劲敲门，刘雅才慌里慌张地打开了门，看到是我，她不由一愣，刚想问我，我手一用劲，把站在我正前面的刘雅推到了一边。我径直走到了那胖子身边，胖子看我一脸的怒气，酒好像也醒了不少，他色厉内荏地说：干什么，你？

我说：不干什么，请你把这杯酒喝了。我端起他面前的那杯酒，送到他嘴边，语气不容置疑。

他说：凭什么？你是谁？

我说：你不是想喝酒吗？你不是要这位小姐陪你喝吗？来，喝多少，我陪着你。

胖子明白了是怎么回事，他放松地坐下了，说：你算老几，老子是花了钱的，滚出去！

我说：你别以为我们是打工的，想怎么就怎么，我们也有尊严。我想把酒灌进胖子的脖子，说不上为什么，我很想这样做。胖子不屑与我说话，他掏出手机飞快地按了下一串数字后，然后对着手机大声叫道：徐老虎，你快点上来，生意还想不想做了。

很快，老板就屁颠屁颠地上来了。他一见胖子，马上笑得五官都挪移了，说：李处长，失陪，失陪，照顾不周，怎么惹你生气了？

胖子冷冷地指着我说：这是的你手下吧，你问他干的好事。

老板根本就不问我是怎么回事，面对着我，笑得眯成一条缝的眼立刻睁圆了。他咬牙切齿地说：你不在下边炒菜上来干什么，还不赶快给李处长赔礼道歉。

我站着不动。刘雅马上笑着打圆场，她说，李处长，你大人不记小人过。然后又面对我，连忙冲我使眼色，小声说：你还不赶快下去。

老板端起胖子面前一杯酒，说：李处长大驾光临，我失陪了，现在我先自罚一杯。我看到胖子的脸上挤出了一点笑容。

我恨不得把这里每一个人的脸上狠狠地捣上几拳，就像捣蒜泥一样，把他们的脸捣个稀巴烂。然而，我不能，我只是个卑微的打工仔，城市能收留我，给我一点残羹剩饭已经不错了。城市，根本不是我想干什么就能干什么的地方。

这时我再看一眼胖子，突然觉得他像一个人，但是，十几年了，那个人在我童年的记忆里早已渐渐地淡去，我不敢肯定。

刘雅又满脸灿烂地围着每个人，站在他们旁边给他们倒酒。我偷偷地拉开门，无声无息地回到了充满油烟的操作间。

刘雅，你这时的心也灿烂吗？

舅舅

我说的那个胖子像是我舅舅。

不过，留在我记忆中的舅舅不是这个样子，那时候我也就七八岁吧，记忆中的舅舅又黑又瘦，一脸的菜青黄色，他每次来我家，母亲就连忙到厨房给他做好吃的。其实也没好吃的东西能下锅，或者是到鸡窝里摸一个鸡蛋，或者是到菜地里掐一把青菜，再就是狠狠心，到村街上割几两大肉。舅舅常常吃得满头大汗，偶尔抬起头，看到我正眼巴巴地盯着他的碗，就不好意思把碗往我面前推推，说：饿了吧，你也吃点。虽然我内心是多么渴望，但我仍然摇摇头。舅舅就又一头扎到碗里，一会儿那一碗我眼中的美味佳肴就见了底。

我觉得舅舅自私，母亲偏心。母亲叹了口气，说：小放，你舅他可怜呀。那时我的姥姥和姥爷已经过世了，一个人过日子的舅舅就常常过得饥一顿饱一顿。可是，那时我家的日子也是过得很紧呀？

舅舅吃饱后，就会抱起我，用他嘴上刚扎出来的毛茸茸的胡须扎我。我又觉得，其实舅舅也是可亲可爱的。

舅舅考上大学后，母亲常常省吃俭用背着父亲到镇上的邮局给他寄钱，虽然那钱少得可怜，可是，母亲寄的那点钱，常常让舅舅在最渴的时候有一种望梅止渴的感觉。

我八岁那年舅舅放假回来，那是我这十几年最后一次见到舅舅，以后关于舅舅的消息，都是母亲不经意间提起或从舅舅偶尔的一封来信中得到。

那年舅舅从大学放假回来，已变得非常健谈了。舅舅说了很多，我记住得很少，只记得他说，一定要留在城市，城市是他的梦想。后来，舅舅大学毕业后真的就留在了那个城市，而且还进了一个不错的单位。舅舅留在城市据说是他女朋友帮的忙，毕业后很快就成了他妻子，据说她长得很丑，但她的父亲在那个城市里很有势力。

舅舅结婚时我母亲正在生病，婚礼很风光，他不知道风光时他的姐姐正躺在病床上忍受折磨。后来，母亲病好决定去遥远的城市看望她的弟弟，去的时候带了五斤小磨油、二十斤绿豆。这在当时的农村是最贵重的东西，要知道，一年从头到尾，我们一家也不可能吃上一星半点的香油，喝上一顿两顿绿豆汤，每年责任田里收的那点可怜的芝麻和绿豆，一从地里打出来，就被父亲拿到街集上换钱。

但母亲很快就回来了，回来时神情很忧郁，与谁都不愿谈论她那个令她骄傲的弟弟的事情。后来，断断续续地从我母亲口中得知，到她弟弟那里，受到的冷遇是她始料不及的。

弟弟早已不再是两年前的弟弟了，两年的城市生活使他很快变白了，也变胖了。母亲说他屋里什么东西都有，那豪华使她这一辈子开了眼界过足了眼瘾。舅母对母亲拎的那点东西根本就看不上眼，她冷冷地打量着这个因为劳累和病痛折磨而过早衰老的乡下女人，对她的到来表现出了极大的不满。舅母长着一头又稀又黄的头发，额头稍稍向前突出，鼻尖一年四季有点红肿的样子，嘴有点儿大，眼睛有点儿小，怎么看怎么让人不舒服，而我的舅舅却把她当宝贝一样，处处看着她的眼色。舅舅说：姐，我的工作是人家给的，我的房子是人家买的，她是我这个城市梦想的根，所以说，她不喜欢你来，我也没办法，你什么时候回乡下，我给你买车票。

母亲从此再也不提有关舅舅的事了，母亲的心凉了。后来，十五岁那年我初中毕业，父亲曾试图说服母亲，让她再去找一次她的弟弟，看能不能通过舅舅的关系，让我当个兵，或者是在城里给我找个临时工干干。但母亲说什么也不愿去，母亲说，要去你去。

父亲后来去了，把我家那六只快要下蛋的母鸡全部装进了一个蛇皮袋里。父亲回来时，那六只下蛋的母鸡全部又带回来了，不过，它们在蛇皮袋里经过一来一回的长途旅行，全部都闷死了。父亲回来后就大骂舅舅不是人。舅舅一口回绝了父亲，父亲一怒之下，连一顿饭也没在他家吃，就连夜坐上火车赶了回来。那六只鸡我家没滋没味地吃了十二天才把它们消化完。父亲吃了十二天鸡肉，诅咒了十二天舅舅，鸡肉吃完后，他的诅咒也终于找不到发泄的对象而自动终止。

从此以后，在我们家，再也没有人提起舅舅，好像根本就没有这样一个人，在我们一家的岁月里存在过。有时候我常想，我发誓要努力改变自己贫穷的命运，如果有一天，我和我的舅舅在某一个地方不期而遇，我希望他看到的不是一个穷困潦倒的我，我要告诉他，没有他我也一样能走到城市，好好地生活着。

之后我来到了城市，我十六岁跟着刘雅来到了红星大酒店，在酒店里我遇到了形形色色的人，让我增长了见识、增加了阅历，才逐渐使我明白，我的父母其实一直用他们最朴素的方式对待舅舅，他们以为做人就要有亲情、友情，他们以为做人就要知恩图报。可是，在这个越来越物质化的社会里，能拥有做人这些最朴素准则的人是越来越少了。

谁的梦想比谁的长

刘雅说方小放你给我添麻烦了。

我说：刘雅，我是给你添麻烦了，可你想没想过我是为了你，隔着传菜孔的缝隙，我什么都看到了。

刘雅垂下了眼帘，说：这样的事情常有，你能都管吗？我哑口无言。我知道我管不了，我们身份这样卑微，来到城市里打工，挣一点可怜的薪水，在付出劳动的时候，常常又不得不付出尊严和人格。不过，我想对刘雅说，我这样做是因为爱你，可我又不能说，我爱刘雅，她同样也爱我吗？我再爱刘雅，她也不会嫁给我的，因为，我知道刘雅有一个梦想。

其实我也有着和刘雅一样的梦想。因为我酒店里一个勤杂工，后来通过努力，成了一个小厨师，现在拿了450元一个月的薪水，你说在这个充满物质、充满欲望的城市里，像刘雅那样坚韧的梦想我敢有吗？

那是一个秋日的上午，酒店里许多人都还在睡梦中赖在床上不想起，我却睡不着觉，很早就起来了。酒店的早上是不营业的，整个餐厅一片狼藉，大约十点钟时，服务人员才开始打扫餐厅。我坐在靠窗的一张餐桌前，看玻璃窗外的大街，人来车往一片繁华热闹的景象，而我只觉得热闹的是别人，寂寞的是自己。

不知什么时候，刘雅无声无息地坐在了我身边。她的头发有点儿蓬松，眼皮有点儿虚肿，脸色有点儿苍白，昨晚，她肯定没有休息好，我不知道她为什么也起这么早。

刘雅说：看什么呢？我说：看别人热热闹闹，看自己空虚无聊。刘雅突然问我：方小放，你现在有什么梦想？我觉得刘雅问这句话有点儿莫名其妙，我说：能有什么梦想，干一天说一天呗。刘雅有点恨铁不成钢地冲我恨恨地说：你没想过将来也要自己开一个餐馆，然后挣点钱，在城市里买房子，把自己也变成一个城里人吗？

我说：凭什么呀，凭我现在每月这450元钱，这简直是做白日梦。刘雅的神情黯淡了。我说：那你的梦想呢？

刘雅说：我的梦想就是把自己变成城市的主人。

刘雅的梦想让我更加伤感，现在，我们都是城市的仆人，寄居在城市里，像是棵没根的浮萍，没有房子没有家，今天老板高兴了就用你，明天老板看不顺眼了，一句话，就得卷起铺盖走人。我们生活在城市的最底层，每天都能看着别人大嚼大咽，欢声笑语，可城市人一不高兴了，就拿我们出气，城市，你接纳了我们，却让我们感到遥不可及。

知道了刘雅的梦想之后，我对刘雅也热情不起来了，这以前，我对刘雅会想入非非。我想，刘雅对我也有点儿那个意思吧，现在，我明白了，只是在自作多情，因为，刘雅想变成城市的主人，想依靠我显然是不行的。像刘雅这样漂亮的青春女孩儿，想变成城市的主人是有许多捷径可走的。有了这样的梦想应该高兴才对，可她为什么和我一样的忧伤呢？

酒店的工作人员陆陆续续来了，有人拖地，有人擦窗户，有人择菜，有人抹桌子，一天的忙碌又开始了，可不知为什么，这一天我怎么也打不起精神来，干什么都六神无主，干什么都心不在焉。我炒煳了两个菜，被客人退回了三个菜，两个盐放多了，一个没放盐。我切菜时手指头被刀切掉了一小块肉，鲜血把包扎的棉纱都染红了。

晚上下班时，心里空落落的，我弄了一瓶白酒，两个小菜，一口气对着酒瓶吹下去了一半。晚上我用酒把自己麻醉，第二天又清醒。刘雅见到我大惊小怪的，她说，你的手怎么了？我淡淡地说，没什么。我看见刘雅对我关切的眼神心中想，刘雅，你做你的城市主人去吧，我做我的打工仔，从此以后，我们将要生活在平行轨道中，再在一起纠缠下去，又有什么意义呢？

梦是梦想者的家园

在红星酒店的操作间里，原本我是不容易见到胖子李处长的，但是，酒店的操作间在餐厅的后边，有一个通向后院的小门和一扇玻璃窗。后院是红星酒店的停车场，那些来红星酒店进出有车的主儿，大都把车开进了后院。

李处长的头刚从车门里探出来时我就看见了他。他习惯性地用手轻轻摸了摸油光发亮的头发，我在操作间里隔着玻璃窗能看见他，他却看不见我。那张又白又胖的脸如果回到十二年前，应该是一张青黄色的瘦刀条脸型，那张脸，也许是我记忆中的舅舅吧。

李处长吃完饭时，我看见随他一起下来的还有刘雅，李处长拉开车门，刘雅一低头坐了进去。刘雅在关车门的时候好像无意识地看了一眼操作间的小铁门，她是看不到我那双黑洞洞的眼睛正在盯着她看的。小轿车的尾灯亮了一下，然后就直奔大门，很快就汇入了车来车往的大街上。

我的心有点儿酸又有点儿痛，我说：刘雅，胖子李处长真
能把你变成城市的主人吗？胖子李处长在哪儿上班？刘雅说：
李处长在卫生局上班，他还是咱们的老乡哩。

我还能再说什么呢？我问：李处长叫什么名字。她说：李
语山。

李语山是我舅舅的名字，我母亲叫李语仙，他真是我的舅
舅吗？我剁饺子馅的时候想着他，菜刀在我手中上下挥舞，呼呼
生风，一会儿案子上就隆起了一堆肉末；我炒菜的时候想着他，
油在炒锅里蹿起老高的火焰，舅舅，你实现了你的城市梦想，却
开始夺走我的心上人。

第一眼看见舅母时我想她竟是舅舅的女人。稀疏的头发，
突出的额头，小眼睛、大嘴巴。她在酒店门口堵住了舅舅和刘
雅。那时，刘雅正依偎在舅舅的身旁，两个人又说又笑。突然，
舅舅的脸孔僵硬了，刘雅还不明白怎么回事时，舅母的声音好像
晴天打了一个炸雷，她说：李语山，你这个挨千刀的，竟敢在外
边找女人，老娘跟踪你不是一天两天了。

舅舅的面孔吓得苍白，全没有了往日那种自信与优雅，他
赶快甩开傻愣愣的刘雅，跑到舅母身旁小声央求说：小点声，你
小点声好不好。舅母抬手就是一耳光，那耳光清脆悦耳，她说：

这会儿你嫌丢人了，让我小点声，嫌丢人就别做那样的事。

高高在上的舅舅一点尊严也没有了，在舅母面前他就像一条狗，低着头，哭丧着脸，突然他恨恨地说：都是这女的勾引我，你还不滚，在这丢人现眼！

刘雅想不到会是这样，他不是要离婚吗？看来一切都是假的。舅母是舅舅在城市的根，如果舅母和她的父亲把他的根挖了，舅舅还能在城市里自由自在吗？

刘雅气得脸都发白了，她看到我正看着她，泪水顺着她的脸颊汹涌而下。

我看着舅舅的脸充满了卑微，他痛哭流涕，根本不像是一个男人。我抓起他的衣领，我想让他的脸四处开花，我想让他记着，他原本也和我们一样。

舅舅惊恐地说：你是谁？我说：我叫方小放。舅舅脸上出现了迷惘，显然，方小放是谁他早已忘记了，或许，他根本就没记住我。我又说：李语仙是我母亲。舅舅眼中放出了光，他说：我是你舅舅呀，你快证明给你舅母，是她勾引我。我说：是吗？她是我女朋友，我女朋友怎么会勾引你？

舅舅说：她不是好人，你怎么会找她？

我说：她就算是个坏人，但她也没你无耻。我冷冷地看着他笑，舅舅突然冷冷地说：你是哪儿的野种，我不认识你。我说：是吗？我一拳打在他的鼻子上，我说：这一拳我是替刘雅打的。又一拳打在他的太阳穴上，我说：这一拳我是替我母亲打的，别忘了城市人其实都是从乡下出来的。我又准备再打一拳，然后告诉他，你有过梦，我们也有梦，可舅舅已经软软地倒下了。倒下的舅舅再也没能站起。

刘雅来看守所看我时，我说：刘雅，其实，每个来城市打工的人都有一个共同的梦想，把自己变成城里人。我是没机会再做那个梦想了。刘雅说：我以后再也不向往城市了，我等你出来。我说：别说傻话了，我们的梦想又没有错。

几天后，我从看守所出来，明媚的阳光下站着刘雅，她眼中含着泪却笑得一脸灿烂。我快步向她走去……

哪里的天空在下雨

一

表哥问：饱了吗？

小波说：饱了。

表哥拍拍小波的肩膀，说，饱了咱就走吧。小波的眼盯着饭桌不走，桌上有一只鸡，只少了两只大腿；一条鱼，只吃了半个身子；一盘凉拌牛肉和一盘炒肉丝，都剩有小半盘；还有一盘炒青菜，一盘炖香菇，一碗酸辣肚丝汤和一碗松子玉米羹都所剩无几。

小波说：表哥，我说就咱两人，点这么多菜都浪费了，你看剩这么多……表哥明白小波的意思，说：心痛了吧，小波，这是城市，城市人都是这么吃的，我既然来到了城市，就要像个城里人的样子，不然城里人会笑话我的。不过，既然你怕浪费，你打包带走也可以，反正吃完这顿饭，我俩也该分手了。我回去后手机号码要换的，以后你再打这个号码联系不上我。

　　小波说：那我咋办？表哥说：你咋办是你的事，我也帮不上忙，你也别问我干什么？我住在哪儿？我的事你知道得越少越好。你别用那种眼光看着我好不好，小波，咱们是姑舅亲，咱们农村有句老话'姑舅亲，连着根'，咱们是连着根的，我才这样，你回去说我冷淡也好，没有亲戚味也好，不是东西也好，总之，我是为你好。对了，我这儿有一千块钱，你拿着，工作慢慢找，如果找不到，你就回咱河南老家，城市不是谁想待就能待的地方。表哥又拍拍小波的肩，然后转身走出了酒店的大门。小波看着表哥的身影一半阴暗一半明亮，有些神秘莫测。他想表哥这是咋的，他一顿饭就吃了上万，一出手就是一千，为啥这样讨厌我，不让我去他那儿住，连个工作也不介绍。正想着，跨出酒店大门的表哥又返了回来，说：小波，我忘记告诉你，以后如果有人问起你认识不认识我，你就说不认识，记着。表哥话没完就转身招来了一辆的士，很快就消失在了城市里。

　　小波想表哥出来打工几年也变成了城里人吧，城里人都这样冷冰冰的，表哥也冷冰冰的。不过小波很快就把表哥给忘到了脑后，他站在城市的街道上有点儿眼花缭乱，他的前边是城市的立交桥，一层一层地盘上去，小汽车一辆接一辆都嗖嗖地从远到近又从近到远；后边，是一个音乐喷泉，小波看了很长时间，也没看明白那水一会起一会落参差不齐的到底是怎么回事；左边，是望不见天日的摩天大楼，小波把脖子都仰酸了，还看不到顶；右边，是一个大型超市。哎呀，不好，那个女人的上半身怎么没穿衣服。小波先是看见一个女人的后背，后背是光光的，两根细细的带子挂在肩膀上，女人转过身，小波才看清，她穿着一个露着肚脐眼儿的小罩衫，小波仔细地打量着这个女人，两只眼睛都直了。他心想，城市的女人真不是好人。小波使劲地咽了一口唾沫，他觉得有点儿口干舌燥，上哪儿去喝点水呢？小波这才想起，他现在一没找到住处，二没找到工作。

原来他以为找到了表哥就找到了一切，可表哥根本就不喜欢他，管他吃了一顿饭，掏给他一千元钱，就冷冷地离开了他。现在，小波背着个蛇皮袋，站在城市车水马龙的大街上东张西望。城市的街道上挤满了人，每个人都在忙着赶路，忙着自己的事，是没有人注意到小波的。一想到工作要靠自己去找，小波都有点儿忧愁，不过表哥给了他一千块钱，他从家里带来的还有四百多块钱，这一千多元钱现在还不至于让他流落街头沦为乞丐。

城市里的工厂鳞次栉比，特别在郊区，一家家新兴的工厂紧挨着，在这里，已分不出农村和城市的区别。小波又想到他的老家，在豫西南那个叫作南阳的小盆地里，一个远离城市偏僻的小乡村，就好像鲁迅笔下萧条的故乡毫无生机，这让他感到忧伤。

许多工厂的大门都紧闭着，紧闭的大铁门内对小波来说充满了神秘。也有的大门半开半掩，站在门口的保安对每一个路过探头探脑的人都盯得让你浑身不自在。不时有"摩的"司机减慢速度，操着夹杂着各地方言的普通话问他：兄弟，上哪儿，拉你一程。

上哪儿小波也不知道，他是毫无目的乱走。表哥是他在南方这座城市的唯一线索，现在，表哥这条线索又断了，一切都得靠自己。也许，会真像表哥说的城市不是谁想待就能待的地方，如果钱花光了也找不到工作，那只有再回河南的老家去了。

表哥把小波迎到酒店吃饭的时候，小波都幸福得有点儿眩晕了，他满含幸福地看着满满一桌子的鸡呀、鱼呀、肉呀。小波说：表哥，这太多了。表哥摆摆手，说：小波，你不要多说。等服务员把一桌子菜都上齐了，表哥让服务员出去，然后关上包间的门，才摘下脸上的大墨镜，表哥说：小波，你找工作去郊区那一段找，郊区是个新兴工业基地，找工作容易，找到工作别惹事，但也别怕事，城市人都欺负老实人。钱别放在房间，谁也不认识偷走了怎么办？陌生人给的烟别抽，还有饮料，你看着瓶子是好的，但说不定都被人家做了手脚。走路要走路边，面向你撞来的人你千万要躲开，小波说，哎呀，表哥，你别说了，我都记不清了，城市那么可怕？它都是陷阱、都是笼套？

表哥说：小波，我说的你别不耐烦听，我给你说完这些话我就走了，以后就全靠你自己了。表哥说完就又戴上了墨镜。表哥吃得很少，那些菜大部分都被小波狼吞虎咽地吃了。小波还没吃过这样丰盛的饭菜。

表哥走了之后小波就从幸福的眩晕中跌落到残酷的现实。他走在路的左边，一个迎面而来的人，又一个迎面而来的人，他心里说怎么路上的人都冲我而来，一颗心因此被悬了老高。好不容易见到一家工厂门外放着一个牌子，上面写着"招工"。小波就停了下来，脖子伸得老长地看，门口的保安奇怪地看着小波。小波咧开嘴说：这里招工？一个保安说：嘿，方勇，你的老乡。方勇说：真的？那个保安说：你听他的口音，标准的河南人。

那个叫方勇的就问小波：河南人？小波说：我是南阳的。方勇显得很兴奋，说：我是信阳的，南阳和信阳挨着，两个人都很兴奋。小波也想不到在这儿能遇上老乡。方勇指着门口的一间房子，说：你把蛇皮袋先放值班室，赶快报名去，人还没招够。蛇皮袋里装着铺盖和一些衣物。方勇又叮嘱小波一句，说：如果人家问你干过没有，不管干什么，你都要说干过了。问你在哪儿干过，你就指个很远的地方，珠海也行，东莞也中。

小波也想不到自己这么快就成了这家链条厂里的一名工人，而且还遇到老乡，他幸福得要命。怪不得老家的人有关系没关系的都往南方跑。虽然表哥说过不让小波跟他联系，他的手机号码也要换掉，但小波想找到了工作应该告诉表哥一声，他找了个电话亭，打过去，表哥的手机号码已成了空号。

二

小波在链条厂的具体工作是仓库管理员，说是仓库管理员，其实是把车间里生产好的链条一大箱一大箱地码到仓库去，再把仓库里一大箱一大箱的配件搬运到车间去。他的运输工具是一辆人力拉车，他的工作性质其实和搬运工也差不多。招工时人家问他干过仓库管理工作没有，小波还紧张得要命，要不是方勇告诉他不管说什么都说干过，他差一点儿就说没干过。现在，他才知道，原来这就是仓库管理工作。小波虽然对他的工作有点儿失望，不过他有的是力气，还有的就是农村人那种吃苦耐劳的精神，因此倒也不觉得怎么苦。

宿舍是一个二十来平方米的大房间，上下铺一共住了十个人。三个四川人，四个安徽人，两个河南人方勇和小波，另外一个贵州人，是个高中毕业生。打扑克、打麻将是他们主要的娱乐项目。安徽人喜欢打麻将，四川人喜欢打扑克。河南人方勇是打扑克、打麻将随便玩啥都可以，只有那个贵州人是啥也不喜欢玩，下班后就待在上铺的床上看书，也有时候把书本放在腿上垫着写东西。下边是各种方言和口音，一会儿骂娘，一会儿骂爹，一会儿则兴奋地尖叫，而贵州人置身于这样的环境充耳不闻，一心读书和写字。贵州人姓苗，是个二十多岁黑黑瘦瘦的年轻人，整天把他的书看得比金子还珍贵，护着不让别人翻一下。有一回小波爬到他的床上，说：苗兄弟，看的什么书？苗兄弟把书翻过来让他看封面，是路遥写的《平凡的世界》。

路遥是谁小波不知道，《平凡的世界》是一本怎样的书小波也不知道。还有一次小波问苗兄弟看的是什么书，苗兄弟告诉他，是余秋雨写的《文化苦旅》。苗兄弟有一个箱子，每次他看完的书都小心地琐在箱子里。其实他的书是没人看的，小波偶尔也看小说，那都是从别人手里转接来的，到他手的时候已经翻得很烂了，或者是金庸的《射雕英雄传》，或是温瑞安的《四大名捕》，这些书小波上初中时曾经放在桌子下的缝隙里，老师讲课的时候偷偷看过一些，不过是时间长了就忘记了不少，现在如果能借到这样一些书，他全当是在无聊的时候复习一遍功课，打发时间。大多时小波则喜欢站在一边看别人打扑克。三个四川人都喜欢打扑克，打扑克也不拉别的人，三个四川人聚齐了就喜欢"斗地主"，四川人"斗地主"的时候喜欢骂骂咧咧，一句一个"龟儿子"的，好像整个宿舍的人都是"龟儿子"。三个人聚在一起互相对骂"龟儿子"，也不与别的省的人搅和在一起。贵州人不打扑克，小波也不玩。四个安徽人本来能凑一桌子或打扑克，但常常是总有一个安徽人找个借口不想来，这样的情况就出现了三缺一，于是就拉方勇来支这个桌腿。方勇也喜欢没事的时候凑在一起玩两把。三块五块的出点血，赌两把试试运气也刺激刺激。不过，方勇的手气似乎不太好，每次和安徽人玩总是或多或少地输，或三十，或五十，这样一个月下来手中的工资总是所剩无几。

渐渐小波就看出门道来了，原来是几个安徽人在合伙骗方勇。看牌的时候是没有人指指点点的，但房间里有一面镜子，在狭小的房间里，安徽人常常让方勇坐在镜子前，小波是常常站在方勇身边给他助威，有一次他站在了一个安徽人身边，哎呀，不好，他看见从镜子里照出了方勇手中的牌。有几次方勇本来没坐在镜子前，但看牌的那个安徽人偷偷把镜子又移到了方勇的身后。

小波看了出来就对方勇说了，方勇说：我说我总是输，原来都是你们捣的鬼，方勇气势汹汹的，几个安徽人一点儿也不怕，说怎么？想打架不成。方勇看人家四个而这边就小波和他，就软了下来。四个安徽人勾肩搭背地出去用赢的钱去喝酒去了。

小波说算了方勇，以后不和他们在一起就是了，方勇说早晚有一天让他们把骗我的钱给吐出来。

在这几个人当中小波最喜欢和苗兄弟在一起。苗兄弟喜欢看书写字与世无争。小波说：苗兄弟，在这样的环境中你还能坚持看书写字，我最佩服你了。

苗兄弟说：人总得有点追求有点理想吧，如果我因为环境而放弃自己的理想，我很快就会变得和他们一样，那就没了目标，没了方向。

小波就觉得苗兄弟说的话很深刻，比他上初中时语文老师讲课都深刻，也更有道理。

小波说：苗兄弟，我是不行了，就读了几天书，早忘完了，不像你能高中毕业。

苗兄弟说：小波，其实这不是你多不多读几天书的事，而是你能不能持之以恒地坚持学习，书读得再多，如果不学习思考，时间长了看过的书也都忘了。你虽然上学不多，但如果你能坚持学习，最后也会成为有学问的人。小波说：苗兄弟，你说的我也懂，不过我一看书本一学习头就疼。

有一天下班后，苗兄弟突然拉着小波的手，说，他要请他去外面的饭店吃一顿。小波说苗兄弟你为啥要请客呢？苗兄弟说：小波，我高兴。小波问他为啥高兴，苗兄弟说：先不告诉你。

坐在饭店里的时候，没等菜上来，苗兄弟就忍不住告诉了小波高兴的原因。他说：小波，我有一篇小说发表了，今天给我寄来了80元的稿费。

小波说：原来你成作家了，那我要喝酒，菜钱你出算了，酒我出钱，我祝贺你。

苗兄弟说：作家谈不上，不过酒是要喝的，但哪能让你花钱呢？

于是他们每人倒了满满一杯酒。碰了，一口喝干，又倒了一杯，干了。那天，苗兄弟喝了好多酒，苗兄弟说小波我从不喝酒，我也不会喝酒，在我老家，人们喝的酒都是用酒精兑的水，许多人都喝坏了、神经喝出了问题，主要是没钱，没钱呀，小波。他说：小波，你猜我们那里的人一年能挣多少钱？二百元。二百元，不够咱老板酒桌上的一个菜，不够咱老板洗一次澡，也不够咱老板奔驰车上的几个螺丝帽。我就是考上了大学交不上学费才出来打工的，小波，你说我能这样吗？我不这样又该怎么办呢？苗兄弟终于控制不住自己，流泪了。周围有许多人停止了吃饭，转过头来看苗兄弟。

小波说：苗兄弟，苗兄弟……

苗兄弟说：小波，你别劝我，我不怕他们看，我真想永远都醉下去，可是我的脑子却一点都不醉。

小波说：苗兄弟，你会出人头地的。小波看苗兄弟流了许多泪，那泪水顺着他的脸颊往下淌，他的脸因此被弄得斑斑驳驳的，一点也不好看，小波有说不出来的伤心。

不久，苗兄弟的又一篇作品发表了，苗兄弟又得了一个红本的获奖证书。苗兄弟去找主管，主管说你以为你是谁呀，不就是发表了几篇破文章。苗兄弟说发表了文章说明我的文字有功底，如果让我到办公室里抄写一定行。

主管说原来你是想坐办公室呀？哎呀，自己还真把自己也当成了个人物了，我告诉你，门都没有，办公室是你这号人想坐都能坐得了的？

苗兄弟的脸都气得寡白，他对小波说：不干了，真的不干了，一点也不尊重知识，不尊重人才。

小波就很同情苗兄弟，苗兄弟那么有知识、有文化，知书达理的，主管都不用他？却让那个屁股绷得又圆又紧的小姑娘坐办公室，她会干啥呀？

苗兄弟说我要辞职。小波说，我要是你我也辞职。苗兄弟就两眼放光，不一会儿，他那一双熠熠生辉的双眸又黯淡下去了。他说：小波，辞了职你说我该上哪儿去好呢？

苗兄弟每天都感到苦闷，干起活来常常是心不在焉，他买了好多报纸，发了好多封求职信，可没有人给他回一封。

因此，苗兄弟每天不得不苦闷而无可奈何地干着。

三

想不到小波却得到了主管的赏识。

链条厂是香港人和内地人开的合资工厂，香港人负责资金和技术，内地人负责场地和设备。具体在工厂管事的是一个广东人，姓罗，罗主管的普通话说得并不标准，夹杂着粤语的普通话常常让人听得似懂非懂。不过，罗主管喜欢开会讲话。如果下午不加班，下班后罗主管就会让拉长们把工人们纠集到车间外的一块空地上，他把手背到后面，这个看看，那个看看，然后开始训话。在车间里上了一天的班，工人们大都累得半死不活，一个个都显得蔫头耷脑的，罗主管看完了就显得很是没面子。

罗主管说：你们这样的精神状态怎么能行呢？都振作起来！你看人家那位同志，罗主管手一指，大家都抬起头顺着他指的方向一看，原来是小波。小波喜欢用眼睛木呆呆地看着罗主管，听他那鸟语一般的口音，罗主管看到他的样子，以为是小波在聚精会神地听他讲话，因此对他很是满意。罗主管说，我注意这位同志不是一天两天了，我们都要拿出像这位同志的精神头来，别都蔫不拉唧的，如果没有链条厂你们分析分析现在你们会在干什么？流浪？乞丐？种田地？小偷小摸？是链条厂给你们提供了生存的机会，是链条厂让你们有吃有住每月还有几百元的收入，你们要振奋精神，努力工作，知恩图报。

罗主管开罢会，手一指小波，说：你过来，叫什么名字？

小波说：小波。

我问你学名，罗主管说。

肖波士。小波一口河南话。

好，"小布什"，你还挺牛的，当上美国总统了，"小布什"，我现在宣布，我要提拔你。主管手一指宿舍里的那个安徽人，那个安徽人在车间里是个拉长，拉长是个小头目，相当于咱国有企业里的带班班长或者是组长，活儿干少一点，钱要多拿一点。罗主管说：你这个拉长整天都蔫头蔫脑的，现在我提升"小布什"为拉长，"小布什"你代替他，从现在开始。

小波幸福得头都晕了。他不知道他是该站着不动或者是坐下，周围的人有的羡慕，有的兴奋，也有的恨得牙根直痒痒，特别是那一伙安徽人。

按安徽人的想法，是因为小波，才使他们的拉长被撤职，瞧这小子得意的，幸福得都找不着北了。上一次他提醒方勇，方勇再也不和他们一起打扑克、玩麻将了，不和他们玩他们也就骗不来方勇的钱，断了他们的财路，现在，又代替了他们的拉长，这小子，找机会一定得收拾。

一天下班后，一个安徽人突然叫起来，说他的手机放在床上一会儿就不见了。于是安徽人说肯定是被宿舍里的人偷走了。搜！一个人一提出来，许多人都响应。

小波想搜就搜，反正自己又没拿。想不到手机很快从小波的枕头下面搜出来了。小波傻了眼，安徽人气势汹汹，嘴里不干不净地骂着，报仇的机会终于来了，他们恨不得把小波撕吃了。

关键时刻方勇站了出来，说：得了吧，就这点儿骗人的手法，笨蛋才这样偷东西的，想找碴儿打架不是，说把，单挑或者是打群架，单挑爷们奉陪，打群架，爷们外边有的是哥们，"河南帮"怕过谁了？

方勇的话镇住了安徽人。四川人也说：谁知是哪个放的？苗兄弟说：别欺负老实人，小波是不会干这样的事的。

事情就这样不了了之。小波挺感激方勇。方勇说：算了吧，咱们都是老乡，是哥们儿，人单势孤是不行的，这你都看到了。单挑咱是受过训练的，打群架我外边有哥们，都是咱们的老乡。现在山东人组成了"山东帮"，安徽人组成了"安徽帮"，咱河南人也组成了"河南帮"，你不知道，咱"河南帮"的大哥已带人把"山东帮"和"安徽帮"都压下去了，所以安徽人才怕咱们。

小波原来想着自己只要本分地待在工厂打工，谁的事也不惹就行了，现在看来根本不是那回事，你不惹别人，别人就会去惹你，如果你低了一次头，以后就永远被别人骑在了身下。他想起刚来南方时表哥跟他说过的话，要他别惹事，但也别怕事。可一转眼已经过去了大半年，大半年的日子里表哥是连个信儿也没有，这期间姑妈曾来过两封信，说怎么也和表哥联系不上，不过表哥曾给家中寄过一次钱，而且数目还不小，但是留的地址不详细。她问小波见到表哥没有，如果见到了让他给家中写一封信或者是打一个电话，她为表哥担心得要命。

四

冬天的一个夜晚，方勇的手机响了，方勇在手机中说了几句话，就慌忙起来穿衣。他走到小波的床前，小声地说：小波，咱们一个老乡遇到了麻烦，事不大，需要咱去站在一边助助威，你也去一趟吧，都是老乡。

小波想想也是，于是就急急忙忙穿上衣服跟着方勇出去了。

其实事情真的不大。也是一个河南老乡，来这儿打工已经有两三年了，嫌工厂挣的钱不多，就买了一辆二手摩托车跑"摩的"拉客，近一段时间政府要取消"摩的"，白天公安、治安、武警、运管全部出动，各个路口都查得很紧，他不敢出来拉人，于是就趁天黑出来拉几个钱。不想他骑到一个路口，还有治安员在路口把守值夜班，于是他就赶快掉转方向急急地想躲开，摩托车也开得像飞一样，只怕后面有人追赶，不承想车速太高，从路边窜出来一个人他没有躲及时，摩托车挂住了那个人，把他带倒了。

这个人是住附近的山东人。山东人爬起来抓着摩托车不让老乡走，让他赔钱。老乡说赔钱也可以，你说个数吧，山东人说你把我摔坏了，就拿三千元吧。老乡一听，说：三千？我看三百都多。于是就说翻了脸。山东人拿出手机叫他的老乡，老乡也连忙打电话，各叫各的老乡，一场争斗一触即发。

方勇和小波赶到出事现场时，河南老乡已经来了不少，小波都不认识，方勇则和一些老乡打招呼，忙着介绍小波，说：小波，南阳的，老乡。

山东人也来了不少，看起来比河南老乡还多，有人就问：和大哥联系没有？赶快跟大哥联系。

看起来山东人那边来的是一位大哥，山东大哥站在人群前边冲河南老乡说：说吧，多少钱？说话口气有点硬。

河南老乡说：就擦破点皮，要三千，太多了吧？说话底气明显不如山东人。山东大哥说：怎么？嫌多，今天我说了，三千，少一个子儿也不行！

河南老乡一看气势就比不上人家，人家人多势众，又来了带头老大。正六神无主时，突然有人说：你看，大哥来了。小波顺着他指的方向看，果然，从一辆的士上下来四五个人，接着，后面的的士上又下来四五个人。走在前面的人小波仔细一看，哎呀，那不是表哥吗？

表哥走在前面，河南老乡马上围上去，气势立刻高涨。表哥说：怎么回事？口气很冷，小波想走到前面跟表哥说句话也不敢。

有人就把事情的经过说了一遍。表哥说：怎么？少一个子儿也不行？谁说的？山东大哥连忙跟表哥打招呼，脸上堆满了笑，说：老大也来了，小事，小事，你来了啥都好说。山东大哥是认识表哥的，在这块地盘上他们你争我夺，也不知干过多少回了，最后是山东大哥服输，谁让你山东老乡没有河南老乡多呢？

表哥说：这位兄弟被剐伤了，医药费我们赔，不过多一分也不行，三百元。表哥说话干脆利索，一锤定音。小波紧张地看着那位山东大哥，从三千元到三百元，这差距也太大了吧！如果山东大哥不点头，看表哥的口气，一场群殴马上就会开始。想不到那位山东大哥一连地点头，说：好说，好说，大哥出了道儿，啥都好说。

一场剑拔弩张的纠纷以山东人的妥协告终。小波看表哥被人前呼后拥，连忙挤上前去，喊：表哥。表哥一看，是小波，他有点儿惊讶，不过什么话也没说。表哥问：你在哪儿上班。小波说：链条厂。表哥拍拍小波的肩膀，说：我会去找你的。说完，表哥头也不回地走了，扔下发呆的小波。

五

苗兄弟还是决定要走了。

苗兄弟说：小波，我已经发表了二十八篇文章，自学考试的大专文凭我也快拿到手了，我不想在链条厂整天弄得脏兮兮地干下去了。

小波说：苗兄弟，我是最佩服你了，如果罗主管同意我情愿把拉长让给你，或者，你上办公室也行。

苗兄弟说：小波，话也不能这么说，这些天我也想开了，与其待在这里受憋闷，不如出去闯一闯。小波，你能吃苦，人又聪明，好好干，会有出头机会的。

小波点点头，说：苗兄弟，你走了我会想你的，你那么有才华，写的东西都印成铅字了，让许多不认识你的人都去读，都去学习，不知道你走后还能不能记着我肖波士？

苗兄弟说：会的，会的。

小波说：那我要送你一样东西，你等着。小波在苗兄弟的叫停声中飞快地跑到了工厂对面的一家文具店，然后又气喘吁吁地跑回来，说：苗兄弟，给你。

苗兄弟一看，是两本方格稿纸。小波说：苗兄弟，我看你经常用这抄写东西，这个给你以后写东西用，这样你就不会很快把我忘记了。

苗兄弟眼睛有些东西闪闪地动，他用手擦擦，眼睛红得更厉害了，泪水就流了下来，流到了水泥地上。南方的天空已经很长时间没有下雨了，流到水泥地上的泪水很快就被洇干了。

苗兄弟说：小波，以后罗主管不管说什么你都要站直了，眼看着他说，是是是。他喜欢这个。

小波说：我知道，苗兄弟。

苗兄弟说：小波，车床上的刀子很锋利，干活时你千万要小心。

小波说：苗兄弟，你放心吧。

苗兄弟说：小波，安徽人人多势众，你千万别惹他们。

小波说：我不怕，苗兄弟，我有表哥哩。对了，苗兄弟，我表哥说了，你不要抽陌生人给你的香烟、喝陌生人给的饮料，里面怕有人做了手脚。

苗兄弟说：小波，我会小心的，我走了，如果以后我混发达了，我一定会回来找你的。

小波说：我等着你，苗兄弟。

六

表哥派人来找小波了。

表哥坐在一家酒店的包间里在等小波。派来的人把小波领进包间，表哥摆摆手，派来的人就出去了。表哥摘下遮在脸上宽大的墨镜。小波说：表哥。小波忍不住想哭。表哥说：小波，你别哭。小波说：表哥，我是高兴哩。

表哥显得一点也不高兴。表哥说：小波，在链条厂干得咋样？小波说：表哥，我现在是拉长了。

表哥说：行，有出息。表哥说话时的神情淡淡的，好像不喜也不忧。小波又说：姑妈找你哩。她还写信问我。

表哥说：我会和她联系的。

表哥，你真威风。小波突然说。

是吗？表哥抬起眼皮看小波一眼，手里把玩着一个啤酒杯子。他说：小波，你只看到了你表哥的威风，但是你不知道其实他们在背后恨你表哥恨得牙根都直痒痒，他们恨不得把我碎尸万段哩。你看，我出来总戴着一个大墨镜，身后总跟着人，表哥心里也虚着呢。你别看那天晚上那个山东老大服服帖帖的，其实他是一直想干掉我。安徽的老大想干掉表哥，四川的老大也想干掉表哥，在这个地方，没有一个人能永远维持老大的地位。

小波说：表哥，那你不会不干？

表哥说：小波，你现在说这话是很幼稚，不过，也不怪你，人在江湖，身不由己。我砍了人家山东人，也砍了人家安徽人，还砍过人家四川人，总之，现在许多人也都想砍我，警察也想抓我，表哥我现在不干了，人家找上门我怎么办？所以说我必须得干下去，直到有一天，我被人家砍翻了，或者是被抓住了，也就是我的江湖生涯到头了。小波，你现在明白我对你冷淡的原因了吧，如果我的仇家知道你是我的表弟，那许多莫名其妙的麻烦就会找上你的。

表哥的话让小波打了一个冷战。原来，他还以为他有一个多么了不起的表哥哩。

表哥接着说：我已经存了一大笔钱，这笔钱我准备寄给你姑妈，你姑妈把我养到十九岁我就出来了，我算过了，在咱老家我十九年花的钱也不过两万元吧，这十年我出来没有花她的钱，但她为我担惊受怕操心了十年，我是应该给她点补偿，我想给她十万元也就够了，十万元能让她养老送终舒舒服服过到老，这十万元比咱老家养十个儿子还管用的，至于我，早晚有一天哪儿死哪儿埋，你也别让她瞎操心。对了，你说你现在是个拉长了，拉长不错，好好干，不过目标也不要太高，城市毕竟是人家的城市，城市比咱乡下要复杂得多，难混得多，你像我现在的情况，虽然我比许多城市人都有钱，但我还不得不整天戴着一个墨镜，不敢让人认出来，城市人活得比我们自在得多了。

表哥这时突然说要走了。桌子上表哥要的一大桌菜，他连一筷子都没动，只喝了一杯啤酒，表哥说钱我已经结了，你慢慢吃。小波看见表哥又戴上墨镜，推开酒店的门走了出去，后边立刻跟上一个人，是表哥派来找他的那个人，他紧紧地跟在表哥的身旁，阳光洒在他们的身上。表哥好像很怕这阳光，他连忙招手，过来了一辆的士，钻进的士的表哥好像长长吐了一口气，他感到阳光再也照射不到他们的身上才安全。

七

春节时小波没回河南老家，小波本来打算回去的，可工厂里许多人都没有回，他们和小波的原因一样，已经两个多月没发过一分钱了。罗主管开会说到春节的时候把欠工人的工资全部发齐，可到了春节，工人们的工资一分钱也没领到手，罗主管又说等到春节过后，工厂里的资金一运转开，首先要解决拖欠工人们的工资。于是工人们都在等待，过完正月，等大批民工又涌进来的时候，工人还是没领到工资。有消息灵通的人说，听说香港人把资金抽回去了。也有人说工厂被人骗了，发出去的几批货，人家借口质量不合格，不但不给一分钱，反过来还要向厂里索要赔偿。生产车间已经陷入了半停产的状态了，许多工人都开始重新寻找工作，不敢再等那点儿工资了，说不定工资没拿到手，时间上也赔进去，陷进去更多。找工作的难度一天天在加大，火车站广场上滞留了许多盲目涌过来的民工，各个厂的工人都已经招得差不多了。

宿舍里安徽人、四川人再也不打扑克和麻将了，每天都有一种沉闷的空气压得人喘不过气来。即将面临的共同命运改变了人与人之间曾经紧张的关系，每个人对待别人都空前地友好起来。他们来自五湖四海，为了一个共同的目标走到一起，说不定什么时候开始，工厂就不存在了。其实在南方，这样的事情每天都在发生，一批批工厂由于种种原因破产了，一批批工厂又在鞭炮声中开业了。

罗主管也不再给工人们开会训话，链条厂倒闭的命运每一个人都看出来了。方勇问小波有什么打算，小波也不知道，其实他对链条厂还是很留恋的，这是他到南方打工的第一家工厂，他刚来的时候工厂是多么的红红火火，每天都有大车小车进进出出，可想不到，一年的时间，工厂说不行就不行了。离开链条厂，他又能到哪里去呢？

过完春节姑妈又来信了，姑妈说表哥给她寄了好多钱，那

钱多得她一辈子都花不完，钱多了姑妈反而睡不着觉，她常常做
噩梦，她梦见表哥被一群人拿着刀追杀，她不明白表哥哪儿来这
么多钱。有这么多钱她为什么总是和他联系不上，姑妈在信中还
说，家乡已经有两个多月都没下雨了，地干得要命，小麦都旱死
了许多，今年田地的收成看来是又指望不上了。她问南方的城市
下雨了吗，不下雨的乡村是不会有收获的，城市应该是不会有影
响的吧？

　　小波很快就给姑妈回信了。小波说：姑妈，表哥他现在很
好，开了一家大公司，他很忙，你就别为他操心了，等钱挣够
了，他也感到累的时候，自然就会回去。小波还告诉姑妈，他现
在也准备离开链条厂，另外找一家工作轻松收入又高的工厂去打
工，一到新的地方他会跟她联系的，等有钱了，他会买个手机，
那样他们联系就会更方便些。他劝姑妈也装一个电话，别没事总
往邻居家跑，让人家厌烦。另外，南方也好长时间没下雨了，这
在南方是少有的，不过，这下不下雨无所谓。

　　方勇告诉小波，他准备跟厦门那边联系，他的一个朋友在
厦门一家电子厂打工，看能不能在那边找到工作。他说如果小波
愿意，小波一起去也是个伴儿。小波想想也就答应了，他决定再
过两天和方勇一起去厦门。

　　宿舍里安徽人和四川人也要走，一想到从此之后这一生也

许再也不会相遇，每个人多少都有了一些伤感。有人提议每人凑十元钱去饭店喝两杯，很快就得到了所有人的响应。他们来到一家湖南人开的湘菜馆，这馆子的位置有点偏僻，生意也不太好，老板看一下子来了这么多人，高兴得有点儿手忙脚乱的，最后一看点的菜至多百十元，就泄了气，连桌椅上落了许多灰尘也不想擦一下。

小波到吧台想找一块抹布，可吧台上根本没有，老板就从吧台里拿出一张报纸递给小波说，将就着擦一下吧。小波接过报纸一看，是当地的一张日报，报纸脏兮兮的显然包裹过什么东西，不过日期还不远。小波用报纸擦过桌子后，就展开报纸边看边等菜上来。这时候他看到了排在一版的第二条的新闻，标题的字又粗又黑，似乎比市长到基层慰问的头条还显眼："黑社会争夺地盘大火拼，警方顺藤摸瓜一窝端"。内容是说长期危害当地治安的山东帮、四川帮和河南帮，由于争夺地盘，山东帮联合四川帮，想一举除掉势力庞大的河南帮，他们相约在郊外的空地上群殴，警方根据掌握的材料，得知这三个帮派的老大全部到场，公安与武警部队配合，在三个帮派打斗正酣时，全部包围了他们。据悉，除了四川帮的老大拒捕被当场击毙外，山东帮和河南帮的老大全部落入法网。这三个帮派的消灭，一举铲除了长期以来影响当地治安的一个，居民和外来务工人员无不拍手称快。

小波很平静地看完这条消息，很奇怪，他竟然没有流泪。

八

小波决定去看表哥。

表哥关押在郊区的看守所里，等待着公安人员的侦查、检察院的起诉和法院的审判。小波费了好大的周折才找到了那家看守所，民警告诉他，现在他还不能见表哥，如果有东西，比如说香烟、衣服等东西，他们可以转交。

小波只好失望地离开。在离看守所不远的地方，有一家小饭店，小波点了六个菜，问老板要了笔和纸，在饭店脏兮兮的桌子旁，给表哥写了一封信。

表哥：

链条厂就要破产了，我和方勇准备去厦门打工，方勇在厦门那边有熟人。姑妈给我写了好几封信，她说老家一直没有下雨，天干地旱，好多浇不上水的庄稼苗都枯死了。表哥，不下雨这事儿，城市人短时间感觉不到有什么不妥，可不下雨在河南农村老家是不行的。现在，村里的年轻人都涌向了城市，想到城市打工，想到城市落脚，想到城市发展。但是，城市是城市人的城市，许多人到了城市都水土不服。

表哥，我还以为你已经成了城市人，现在才知道，你不是，你只不过是生存在城市阴暗的角落里的人，仇恨城市又向往城市，你永远也成不了城市人。

现在，我就要走了，从一个城市到另外一个城市，我要靠自己的双手挣饭吃，我不怕辛苦也不怕再脏和累，只要城市能给我碗饭吃就行了。我走后，也许不会有人来看你了。我记得刚到这个城市时，你要了六个菜两个汤，一盘鸡，一盘鱼，一盘凉拌牛肉，一盘炒肉丝，一盘炒青菜，一盘炖香菇，还有一碗酸辣肚丝汤和一碗松子玉米羹。表哥，这六个菜、两碗汤剩下好多都没吃，那时我想你成了城市人，但成了城市人也不该这么浪费。现在，我给你也要了六个菜，一盘土仔鸡，一盘清蒸鱼，一盘辛辣羊肉，一盘凉拌牛肉，还有一盘海虾和半只板鸭。表哥，这全都是荤菜，以前也许你不喜欢吃，现在我想你会喜欢的。

菜做好后小波让老板用食品袋把这些菜装了起来，他提着这些菜，又拐到小卖部给表哥买了一条香烟，来到看守所把这些东西交给了民警。民警打开看看里面都有什么，又看看小波写给表哥的信，并没说什么，挥挥手让小波走了。小波不知道，也许这些饭菜压根送不到表哥手里。

小波和方勇去厦门那天，在车站等车，小波突然问：方勇，这儿的天空为什么这么长时间了也不下场雨？

方勇说：是呀，真是怪了，天都干得要命，城市人也感觉不到？

小波又问：厦门那儿下雨了吗？

方勇说：小波，管它下雨不下雨的，你真是奇怪。

小波不再问方勇了，他看着车站拥挤的人流，密密麻麻的人头，就好像老家田地里干枯的庄稼苗，一棵一棵蔫头耷脑，毫无生气。小波转过头，背对着方勇，泪水终于还是流了下来。

忧伤的小羊

　　早晨太阳刚露了一下头，就被一大块云彩遮住，天有点阴沉沉的。九点多的时候，羊贩子从乡下赶来了两只羊，羊贩子隔三岔五地来，计算着这个羊肉何时能恰到好处地接得上。他带来的羊常常是两只，羊的四个蹄子用绳子紧紧地拴在一起，装在一个竹编的篓子里，竹篓上边固定有两个铁钩，羊贩子把竹篓挂在他那辆黑不溜秋的二八加重自行车后架上，一边一个竹篓，刚好平衡。

　　羊的四个蹄子被绳子紧紧地拴在一起，挤在竹篓这个狭小的空间，头高高地扬着，刚开始羊不习惯，咩、咩、咩地不停地叫着，羊贩子骑着自行车，在乡间的土路上颠簸一会儿，羊渐渐就不叫了。羊有一种逆来顺受的脾气，它觉得挣扎也改变不了被绑着挤在这狭空间的命运，也就习惯了。羊们不知道，它们被羊贩子带进城里，不是享福去了，而是很快就成了城里人的盘中餐、口中食。

以前的羊都是被羊贩子用这样的方法带进城的，这一次，羊贩子是赶着两只山羊进城，绳子的一头的母羊至少七八十斤重。母羊的后面跟着小羊羔，小羊羔刚满月，羊贩子没用绳子拴小羊羔，母羊是它妈妈，妈妈走到哪里，小羊羔就跟到哪里。羊贩子骑着自行车拉着母羊，小羊羔就跟着它的羊妈妈，一路风尘仆仆从乡下来到了城市。

羊贩子走到门前，把母羊拴到了门旁窗户的钢筋条上，母羊的奶水还是充足的，小羊羔跪下来用嘴拱着羊奶，噙着羊奶穗子，很是有滋有味地吮吸着。老板走出来看羊贩子今天牵了一头母羊一头小羊羔，很是奇怪，他说，刘大头这母羊也是你收来的？叫刘大头的羊贩子其实头稍微有点儿大，许多人都叫他刘大头，他想也许他的头真的很大，不过头大点又有什么呢？大头的人都聪明，他一点也不介意老板叫他"大头"，他用手摸摸他的后脑勺，说：收它时主家说这头羊连着三窝都只下一个，养的羊又太多，就把它当骚胡卖，杀了算了，带着一个刚满月的小羊羔，是只小骚胡。刘大头专门收山羊来城市里贩卖的，我们那个地方把母羊叫水羊，把公羊叫骚胡，通常情况下，小骚胡生下来长到两个月，就被羊贩子们收走，卖到城里的羊肉汤馆或者是羊架子上分割着卖。

母羊安静地站在窗户下面，街道上人来人往，有点儿乱，元好学看母羊的眼神有点忧伤，它很安静，它的眼睛好像蒙上了一层灰蒙蒙的雾，母羊也许不知道来到这里它的生命就要结束了。它就这样不急也不躁地注视着街道上来来往往的车流和人流，它也许感到这里不如乡村自由，城市平展坚硬的水泥马路使它不适应。羊本来就是生长在草原和乡村的动物，那里生产青草和麦秸，城市生产钢筋和水泥，羊怎能咀嚼得动呢？

老板说这几天吃羊肉喝羊汤的人少，冰箱里冻着的羊肉还没用完哩，不过既然羊拉来了，都是老关系，他又不好不要。羊贩子在一旁赔着笑，说，那是，那是。羊贩子走后，元好学想老板会让他去磨刀的，但老板什么也没吩咐他，元好学是个眼中有活的男孩，于是就忙着拖地、抹桌子去了。

元好学的父亲是读过几天书的，在他生活的那个小山村，像父亲那样能读书识字的人并不多，父亲曾经想通过读书走出小山村，但终于没能实现，就把希望寄托到了下一代。元姓在南宋后期金元时期出了一名著名现实主义的诗人元好问，父亲就把儿子起名叫元好学，但是，元好学却没能成为诗人，也没能像元好问一样考上进士，努力好学的元好学根本就学不到多少知识，勉强读完初中，贫穷的家庭再也没能力供他上高中了，于是只好回家到山坡上放羊。放了三年多羊，就到这个小羊肉汤馆来打工了。

下午老板突然吩咐元好学去把杀羊的那把刀磨一磨，元好学心不由一颤，老板还是不让羊挺过这一夜的。晚上他都是等客人都走完后，在狭小的门面里打地铺，羊又能在这狭窄的地方去哪儿找个安身场所哩？

元好学磨刀磨得有点慢，他想拖延点时间，不过他不能总磨刀，当他把刀交给老板时，好像看到了母羊那双忧伤的眼睛。元好学初中毕业后家也养了一只母羊，那只母羊浑身上下的毛纯白无效的，元好学给那只母羊起名叫雪莲，有点儿女性的味道。每天他吃过早饭，就到羊圈里把门打开，然后他吹个响亮的口哨，说，雪莲，走吧。雪莲就乖乖地跟在他身后。元好学会带着雪莲来到村外的山坡上，山坡上长满了青草和灌木，一看到这些青草和灌木，雪莲就专心地吃起来。雪莲啃过的草地，就像城市修剪过的草坪一样，元好学后来到城市里打工，看到城市里的草坪，隔一段时间都有工人推着机器来修剪，他想，这还不如让雪莲来帮忙哩。雪莲吃一会儿草，又仰起头吃灌木丛上的叶子，灌木上生长有各种果实，羊对果实却视而不见，有时候元好学把果实摘下来让雪莲吃，雪莲用它温热的鼻子嗅嗅，就转过头。雪莲吃草时，元好学就躺在草地上，仰望着天空，少年的心事常常被塞得满满的。天空像水洗过一样，洁净得非常遥远，偶尔有一群不知名的鸟儿飞过，一眨眼又归于平静，大雁和苍鹰已经从天空消失了，原来它们可是天空的常客，元好学想。

也许也只有这片天空是洁净的了。

雪莲吃饱以后，就会静静地回到元好学身边，元好学不知不觉已经睡着了，醒来看到雪莲静静地卧在他身边，他就想，羊这种温顺的动物，真像一位恬静的少女，它是通人性的。

老板吩咐元好学把母羊牵到他身边。羊肉汤馆门前是一片空场子，老板每次杀羊都在这片空场子上，元好学只好把拴母羊的绳子从窗上的钢筋上解了下来，老板看元好学的动作有点慢腾腾的，就说，你磨蹭个啥？老板的语气有点严厉，元好学想让小羊羔再吃母羊几口羊奶，可是母羊和小羊羔还没意识到它们即将生死别离。老板嘴噙着尖刀，抓着母羊的一只前腿和一只后腿，往上一掀，毫无防备的母羊一下子倒在地上，老板让元好学死死地按住母羊，母羊也许意识到了危险，想挣扎起来，老板的尖刀已经麻利地插入了它的喉咙。母羊的头使劲抬着，元好学看它的眼圈湿润，就像人的眼睛，只不过眼珠有点儿发黄。母羊抬头的方向正冲着小羊，小羊在这时突然咩、咩、咩地叫了起来，母羊想叫，已经叫不出声了，元好学想自己虽然没有拿刀扎在母羊的喉咙上，但自己同样是凶手。母羊的头再也无力抬起，紧贴着地，眼睛好像闭上了，元好学站起身。想不到母羊突然又挣扎起来了，血顺着它的脖子往外冒，把脖子周围洁白的毛都染红了，挣扎着起来的母羊摇晃了几下，终于又跌倒了。老板说，怎么干点活一点耐心都没有？元好学眼泪往外流，小羊还咩、咩、咩地叫个不停，元好学觉得这叫声就像在喊妈妈一样。老板看元好学流泪了，说，看你这孩子，真没长大，我就说了你一句。其实老板是不知道元好学为啥流泪，以前老板训斥起元好学来，比这可严厉得多，这一句话根本就不算什么。

电视上报道了在这个地方发现家畜因口蹄疫病死的新闻后，吃猪肉、羊肉和牛肉的人明显少多了，羊肉汤馆的生意空前冷清起来，老板原想连小羊羔也一起杀了，可冰柜里实在放不下了，于是小羊就幸运地暂时躲过了这一劫。正吃奶的小羊突然失去了羊妈妈，元好学每天听着小羊咩、咩、咩地叫，觉得小羊挺可怜，他想小羊是在叫着寻找妈妈吧？他的心隐隐作痛，他看着小羊，小羊也可怜巴巴地看着他，在繁华的城市中，元好学和小羊有一种同病相怜的感觉。他们都一样渺小，命运都在别人的手中，小羊说不定什么时候就被别人结束了生命，连一点选择的机会都没有，而他，拿着一点点的薪水，却把每天二十四小时都交给了老板，老板叫他干什么，不管什么时候，他情愿不情愿，都得立刻去做。

没有了羊妈妈，正在吃奶的小羊饿得咩、咩、咩不停地叫起来，声音也是有气无力。元好学到菜市场给小羊捡回来一些烂菜叶，可小羊根本就不喜欢吃。晚上元好学在门面房里打地铺，小羊就拴在他身旁的桌子腿上，失去了妈妈的小羊好像也感到孤单，它安静地卧在元好学的床头，有时候元好学半夜醒来，发现小羊那温热的头紧贴着他的身子，他伸手摸摸小羊的头，小羊的耳朵就扑扇扑扇地摇几下，算是跟他打了招呼，小羊告诉他，它同样在醒着。城市的夜晚是喧闹的，不像乡村宁静的夜晚，遥远处传来蛐蛐的鸣叫，山风静静地吹着，各种小动物都爬出来在夜幕中觅食，它们谁都无声无息，谁都不打搅谁。

店里的生意常常是很冷清的，老板打开冰柜看着里面塞得满满的羊肉，就连声地叹气，元好学却是暗自窃喜，他对老板说，没事可干他想带着小羊到郊区去放羊，如果时间长了小羊就饿瘦了，老板认同了元好学的理由。这儿离市郊并不远，小羊对公路上来来往往的车辆和汽车喇叭声感到惊恐，它紧紧地跟着元好学，如果在老家，他根本就不会用绳子牵着小羊的，小羊会蹦蹦跳跳地跑在他前边或跟在他身后，如果小羊偏离了他走的路线，那也不用担心，一会儿它又会跟上来的。

郊区许多平整土地都是撂荒的，上面长满了野草，郊区的农民根本就不稀罕种地。元好学把小羊撒到草地里，小羊像看到了美味佳肴似的，欢快地扑到了草地上，吃了一会儿，抬起头看看元好学，好像怕元好学突然把它扔到这儿不管一样，看到他并没有远离，才又放心地啃起青草来。

小羊在吃草时元好学无所事事，仰望天空，天空是灰蒙蒙的。不远处有一家冶炼厂，高高的烟囱直插云霄，浓浓的黑烟从烟囱里冒出来，被微风轻轻一吹就四散开了，那烟尘散落下来，"落"到身上，"落"到草地上，"落"到附近的一条小河里。小河里的水发黑发臭，河面仿佛凝滞了上百年，散发出来的臭味让人眩晕，而各种野草好像并不怕这种臭味，在河道的附近都长得又粗又壮。小羊顺着这又粗又壮的草一路吃下去，元好学回过神来，慌忙把小羊牵离这条河。那又高又壮的草在又臭又浓的河附近，早已脏臭无比，说不定里面含有某种毒素。小羊是不知道这些，它的头扎在草中间，嘴就像一个小型切割机，鲜红的小舌头就像一双小手，轻轻地把草卷入口中，被细密的牙齿齐齐地切断了。

一连放了十几天羊，羊肉汤馆的生意渐渐地又有了起色，家畜的病疫好像被控制住了，人们又放心地大吃大嚼起来，元好学的心又沉重了起来。小羊长得又肥又嫩，这样的羊肉最是鲜美，老板对每一个吃得嘴上流油的食客们说，看到了吧，门前拴的那只小羊羔，鲜嫩着哩，明天你来，就吃那只羊。元好学知道小羊的生命终究是要结束了，这是一只多么可爱的小羊呀，它温顺又可怜，然而，你能让老板可怜它吗？老板的眼中是没有可怜的，他想把老板的刀藏起来，他这种做法其实是很可笑的；他又想偷偷地把小羊放了，可这是城市，不是山村，小羊是逃不出城市人的手掌心的。就像他自己，在城市里打工，也走不出城市人的手掌心。

晚上，元好学做了一个梦，梦中，他和小羊都长出了翅膀，他们一起飞翔在蓝天白云上，白云的下面是起伏的山川、青青的草地，他们都高兴地欢呼起来。可一眨眼，山川被城市包围了，青草被钢筋和水泥覆盖了，许许多多的城市人手里都拿着枪，枪口黑洞洞的，冒着青烟对着他们，他们一惊，就摔到了城市坚硬的水泥地上。元好学吓出了一身冷汗，一下子惊醒了。一伸手，抚摩到了小羊的头颅，小羊又摇了摇它的耳朵，好似告诉他，它也醒着。

城市的夜终于沉寂了下去，偶尔的汽车喇叭声断断续续的，昏暗的路灯的灯光，透过斑驳的窗户，照射到他的床前。元好学再也睡不着了，明天，明天谁又会和他相依为伴呢？

小羊的爱情

初三的时候，方小羊才真正开始思考自己的未来。这种思考是与现实紧密结合在一起的，方小羊以前也想过，但那都是脱离实际的幻想，因此一点也不实际，想想自己现在所处的环境，方小羊就感到沉重。这种沉重压在16岁的方小羊身上使他变得忧郁起来。方小羊偷偷地观察过全班五十四名同学，发现这种忧郁好像传染病似的，大部分同学都患上了，忽然就变得深沉起来。方小羊明白，他们都和他一样，开始为自己的前途迷惘了。

学校每两周放一天假，方便让学生们回家补充一下钱粮和衣物。方小羊的家离学校六里多，中间隔着一条不宽不窄的小河，河上架着一座桥，由于年久失修，桥板断裂了不少，只有中间有楼板那么宽的一道桥板还算完整，仅能容一个人推着自行车摇摇晃晃地通过。往下看，浅浅的河水静静地流淌着，人要是摔下去也不至于缺胳膊断腿的，但这总是让人害怕。这座桥是方小羊那个村及临近几个村的学生到乡村中学上学的必经之路。有一次方小羊上学走到那座桥，远远地看见一个人在桥边站着，走近了，原来是同班同学赵玉桂。

赵玉桂推着自行车，车架上驮着一大袋的小麦，显然是送给学校的食堂换饭票的。赵玉桂一定是因不敢推着自行车过那条窄而残破的桥而发愁。看见方小羊，赵玉桂两眼一亮，但随即又黯淡下去了。

赵玉桂和方小羊邻村，从小学开始他们就是一个班的同学，那时他们有说有笑，不知为什么，到了中学，班里的男生女生见面都不说话了，方小羊和赵玉桂也不例外，忽然都莫名其妙地生疏了，走了个头碰头，远远地就一个走路左边另一个靠路右边走，彼此低了头谁也不敢看谁一眼。方小羊在小学时就知道赵玉桂上边有三个哥哥，就她一个女孩，小学时谁都不敢欺负她，她的三个哥哥整天像老母鸡护小鸡一样护着她，记不清什么时候，方小羊曾经见过赵玉桂的父亲到学校给她送过小麦和衣物，不知为什么这次赵玉桂的父亲和哥哥让她一个人用自行车驮着小麦不管她了。

方小羊看见赵玉桂这个样子，犹豫了一下，还是主动开口了，他说：不敢过吧？赵玉桂点点头，方小羊好像看见她眼中噙着泪水，就说：我给你推过去吧。这座桥在赵玉桂的眼里是那么危险，但在方小羊眼里根本不算什么。方小羊的父亲死得早，家中只有母亲一个人忙里忙外的，因此，自从他上初一就开始住校，粮食就都是他一个人驮到学校交给食堂的。在这座桥上他推着有重物的自行车走过了无数次。赵玉桂也没推让，方小羊就接过自行车推了过去。余下的一半路程方小羊就推着赵玉桂的自行车一起走，说了些语文、外语和数学等功课上的话题。快到学校时，赵玉桂突然说她累了，让方小羊先走，方小羊明白是怎么回事，于是就把自行车交给赵玉桂，和她拉开了距离。

从此以后，方小羊每次上学或回家到那座残破的桥边，总是不由自主地停一小会儿，希望能见到赵玉桂的影子，虽然他们在一个班天天见面，可方小羊希望在这个地方俩人能单独待在一起。然而，这样的机会不是很多，偶尔见到了，方小羊能兴奋几天，在他的心目中，赵玉桂是那样的清纯、那样的美丽。那座残破的桥，也拉近了方小羊和赵玉桂之间的距离。每次他们目光碰到一起，不再是匆匆地躲开，而是彼此会心地一笑，好像是他们共同守着的一个秘密一样。

可是，进入初三下学期，方小羊发现，他和赵玉桂的默契没有了。方小羊不知道这是为什么，想问，又没法开口。功课压得人抬不起头来，原先爱笑的赵玉桂脸上再也没见过笑容，整天都是埋头学习。方小羊明白了，人家赵玉桂在班中学习是数一数二的，考上个重点高中应该是十拿九稳的事，况且，她爹妈和三个哥哥一直像是宝贝一样地护着这个小老么，上完高中上大学，以后的路对人家来说是光明大道一帆风顺，而自己哩，守寡的母亲拉扯着他，能让他上初中已是求爷爷告奶奶四处举债了，自己的成绩又一直是平平常常，别说重点高中，上普通高中也是危险。虽然母亲对他说砸锅卖铁也要供他上学，方小羊知道母亲说的只是为了安慰他罢了，他也明白，混到初中毕业，自己就只有回去"修地球"了。以后，他一个农民怎能攀得上一个大学生呢？

毕业考试后同学们都要各奔东西了。男女同学之间虽然互相不来往不说话，但有事都互相传纸条，写上内容，写上自己的姓或名或一个只有对方能看懂的符号，偷偷夹在对方的课本中或放在文具盒内。方小羊是在收拾书本准备离开学校时发现了文具盒内放着的那张纸条儿：

方小羊，谢谢你对我的关心和照顾，你是个好人。我会记住和祝福你的。赵。

赵，一定是赵玉桂了，方小羊想对空旷的校园大喊大叫而无处告别时，发现了这张纸条。他心中荡起了一股暖流，赵玉桂没有忘记他，这张小小的纸条对方小羊充满了神奇的力量，他多想立刻去找赵玉桂，他有许多话要对她说，但一想到以后他们的路是朝着两个不同的方向前进，他又沮丧万分，心灰意冷。

　　拿到初中毕业证的方小羊从此告别了校园。这是意料之中的事，因此并没有多少伤心。但常常在田地里锄草时，他就发愣，脑海中突然就清晰地浮现出赵玉桂的一颦一笑，他想，现在赵玉桂一定是坐在窗明几净的县一高的教室里读着书，也不知她是否记得初中时她有个同班同学叫方小羊。方小羊想，或许，这就是爱情，只不过他的爱情是单相思罢了。他叹了一口气，一不小心就又锄掉了一棵庄稼苗。方小羊的母亲在一旁看着发愣的儿子，想劝，又没劝，无能为力的母亲只有悄悄地掉眼泪，她以为这是儿子为没能上高中念不成大学而伤心，这种伤心，随着时间的流逝会渐渐淡去。

　　秋季庄稼遭了灾，雨一直下个不停，好多庄稼都淹死了，玉米只是长着细细的秆儿不见棒子，棉花早就是枯黄一片，豆子就更不用说了。方小羊想不到离开学校的第一年辛苦收获的只有失望，虽然以前在假期里也常常帮母亲到田地里干活，不过他还没有真切地体会出那种艰辛，现在，他尝到了。生活，什么是生活？这就是生活，你付出了辛苦，收获也算不上丰硕。

　　村子里的年轻人都出去打工去了，田地里到处都是七倒八歪的光秆玉米没有人收割，留下来的都是一些老弱病残的人在守着家，等待远方的儿女寄回来打工的血汗钱来养家糊口，方小羊想找个人说说话也找不来。方小羊就也想出去，对母亲说了几次，母亲说你上哪儿去呢？没技术，没熟人，年岁又太小，出去万一有个好歹我怎对得起你死去的爹爹。方小羊知道村子里的李坡和方连旺一前一后出去几年连个信儿都没有，有人听说李坡到南方打工，混了黑社会，被人控制着根本回不来了，如果回来他一家人都会被人杀死。有人说曾经看见方连旺在河南的一个小煤窑里挖煤，那些地方不是塌方就是冒顶，要不就是瓦斯爆炸，这几年没信儿，八成已变成一堆白骨。

方小羊心想那都是猜测，都是谣传，不过，李坡和方连旺出去打工都好几年了，却连个信也没往家中写，这八成已经死在异乡了。想到这里方小羊也觉得出去打工的命运就多了一份不确定性。秋季又是漫长的，整天抱着那台十四寸的黑白电视机看那些漏洞百出的电视剧早就烦腻了。同学们一毕业就失去了联系，这时方小羊又特别怀念上初中的时光，怀念他喜欢的赵玉桂。也不知赵玉桂在县一高的学习情况如何。方小羊知道赵玉桂考上了县一高，不过不知她被分到了哪个班。想去看看她，又没有理由，自己现在又是这个样子。方小羊自卑得要命。现在他对生活充满了抱怨，又充满了失望。

一天，方小羊正牵着家中那头牛在村口放牛，看见从小汽车上下来个穿西服没打领带的胖子冲他走来，也不知为什么就有一种反感，他牵着牛就走了。胖子看见在路边放牛的方小羊，就下车走过去想和方小羊说几句话，顺便了解一下村里的情况。他说，小伙子你站住，我问你话呢？方小羊就站住，胖子说你为啥一见我就走呢。

胖子不认识方小羊。不过他一看见方小羊就知道他是方小羊了。村主任说村里的年轻人全部出外打工去了，就一个回村的初中毕业生方小羊还没去，他想，小羊，吃草的动物嘛，一个乳臭未干的初中毕业生还能翻天不成。想不到，一见到小羊，就被他拐弯抹角地讽刺挖苦了一顿。

胖子说：听说你还没交粮款，这是不对的。

小羊假装听不见胖子话，不搭理他，胖子最后也只能无趣地离开。

天黑后，小羊回到家。方小羊说："日子太难了。"方小羊的母亲就流泪了，说：儿子，要怪就怪你妈没本事，你要能考上大学就不用受这罪。黑暗中方小羊的泪顺着脸颊无声无息地往下淌，他悄悄地用衣袖擦擦眼泪，觉得母亲比他还难受，如果他父亲还活着该多好啊，可惜，留在他记忆中的父亲永远被定格在了他小学四年级的那一年，他卧床不起的父亲终于被病魔带走了生命。一直到今天，方小羊才明白父亲对他和母亲是多么的重要，这不仅是一家三口团聚在一起的那种天伦之乐，而是失去父亲家中失去了顶梁柱。方小羊发现寒风中的母亲是那样的辛酸、无助。这一刻，方小羊觉得自己已经长大了，从此以后，他该是这个家的顶梁柱了。

方小羊说："妈，我想出去打工。"

母亲叹了一口气，说："小羊，你还小，我不放心。"

"我已经长大了，别把我当小孩子看了，你看，地一年比一年难种，不出去打工求个出路，待在家中还有什么意思呢？"方小羊说。

其实，方小羊对城市怀着一种深深的恐惧，这也是他毕业以后迟迟没出去打工的原因。

小学三年级那年，父亲有一次病重，母亲用人力车拉着父亲来到了县城，方小羊走在人力车的一边，好奇地打量着县城。县城里乱糟糟的，自行车和小汽车争着抢道，拉垃圾的大卡车一路鸣着喇叭过去之后是灰尘满天，路两边的各种店铺里叫卖声和音乐声此起彼伏，高高的大楼上蒙上了厚厚的灰尘，好像一个漂亮的姑娘没有洗脸梳头一样。方小羊的母亲一连问了几个人，问县医院的路怎么走，每个人对他们都爱搭不理。不小心，母亲拉的人力车碰到了一个人身上，还没等母亲道歉，那人张口就骂："乡巴佬，你瞎了眼！"

方小羊想，城市，它一点儿都不美丽。从那以后，城市在方小羊的心里就这样深深地打上了烙痕。城市人是那样的高傲，拒人于千里之外。他这样一个无亲无故又没有文凭学历和技术特长的乡下人，到城市去想讨口饭吃，人家能容纳他吗？

春节过后，村里打工回来的年轻人又像候鸟一样陆续地飞走了，原本，这里是生他们养他们的家，可现在，农村的老家反而成了他们临时的巢穴，一年中大部分的时间都是在外面四处流浪。方小羊想让村里外出打工的人带他一起出去，但都被人拒绝了。方小羊问他们在外面都干了些什么，他们说，能干什么，建筑工地，下窑挖煤，工厂里流水线上像机器人一样十几个小时地苦熬。方小羊这样没下过苦力的人能干不能干是一回事，他们一个打工的人微言轻，老板又没说缺人他们怎能做主？也有不说的，方小羊问他们干什么，他们神秘兮兮，好像是出去流窜作案去偷去抢似的，立即把话题支开了。

不能再等了，村里回来过年的年轻人早就走完了，也不知他们都流浪到了城市里的哪个角落里。方小羊想，应该和他爹告别一下。他把这次外出看成他人生的一个重大转折，其实外出打工对方小羊来说既充满了无限的向往又充满了无可奈何的悲壮。离开生他养他的家乡到一个完全陌生的地方，周围又都是陌生的面孔，也不知什么时候才能再回来给他爹的坟上再烧上一把纸。方小羊把供品摆放在他爹的坟前，点燃了草纸。天空有点阴，灰蒙蒙的，红色的火苗蹿出来之后又渐渐地消失了，只看见草纸灰在无声无息地飞着，然后被微风轻轻一吹，草灰就四散地飞舞。方小羊跪下磕了几个头，心中默念着让爹在天之灵保佑他，他想哭，又不敢。其实大年初一的早上他才给他爹的坟上烧过纸，这个时候，一般是没有人来坟上烧纸的，空旷的田野里静悄悄的，如果有哭泣的声音会被传得很远。方小羊的母亲知道儿子的心情，其实她是舍不得儿子远行的，但村里的年轻人都出去打工了，儿子已经17岁了，如果还让他待在家里等着那毫无希望的一亩多土地，别人会拿怎样的眼光看儿子，说他窝囊、没出息，连个媳妇也不会有人给他提的。

　　方小羊来到的这座城市是毫无目的的。他像所有出来打工的农民一样，只听别人说城市越大机会就越多，但一下火车，他就傻眼了，车站的广场上东一堆西一堆的满是人，一个个无精打采疲惫不堪，有的两眼发直，有的神秘兮兮，一看就知道是像他一样出来打工的民工，乱糟糟的像没头的苍蝇一样四处乱撞。方小羊不知道他该往哪个方向走，广场上戴着红袖章的治安员不停地驱赶着他们，让他们赶快散去。方小羊被他们赶到一条脏兮兮的小巷里，他看到小巷两边的房门外放了许多黑板，有的上面写着"信息部"，有的写满了招聘招工的信息，而且大都是工作轻松、待遇不错的。方小羊站在一家门口的黑板前看得很迷糊，想不到在城市找个工作是这么容易。这时突然有人拍了拍他的肩膀。方小羊一惊，回头一看，一个30多岁的女人正一脸笑容地看着他。

"兄弟，找工作吧？"

方小羊点点头，他摸不清女人的来路。女人说进来吧，我们负责给你找到你所需要的工作，女人说着又推又拉把方小羊弄进了屋里。屋里的陈设再简单不过了，一张桌子面上破了几个洞，几把椅子，还有一部插卡的电话机。

这样的信息一看就知道是骗人的，但在每个城市里不起眼的角落仍然顽强存在着，那些民工和像方小羊这样涉世不深的男孩、女孩是他们所骗的对象。方小羊被动地站在女人面前。女人说，你想找什么样的工作，只要我黑板上有的信息，都包你能找到工作。看到方小羊后女人就有了一种自信，这样的男孩她见得多了，她这样的信息部也只能骗这样的男孩上当。

方小羊不知道自己能干什么，因此在这个女人面前显得十分的木讷。女人知道方小羊自己也不清楚他能干什么。于是就又说，正好一家玩具厂向我这里要人，工作轻松、待遇又好，我看你挺适合的，不如介绍你去。

方小羊两眼放光，会有这样幸运的事？他知道信息部介绍工作是要收钱的，但能介绍他去玩具厂，收点儿钱也是应该的。

女人一看他的样子就知道已经上钩了，她说：不过要收信息费的。方小羊连忙说我知道，得多少钱？

方小羊下意识地把手插进装钱的衣袋里，手心都出汗了。女人笑着说：三百六十元。

这个数字让方小羊吃了一惊，他身上仅有四百多元钱，他用小得可怜的声音说，我没那么多钱。

女人问他：那你有多少钱。

方小羊说，我身上才二百二十多元。方小羊对这个女人打了个埋伏，他想如果她不答应他再给她添上去，想不到那女人皱了皱眉头，很快就答应了。她说：那好吧，我看你也挺老实的，这工作你上哪儿去找？包吃包住一个月又几百元工资。我算是帮你忙吧，收你二百元信息费。

方小羊觉得自己遇上了好人，充满感激地交给了那女人二百元钱。女人把他领到了市郊的一家工厂，厂门口破破烂烂的，一旁挂着一个木牌子，用白漆写着"兴达玩具厂"。

女人把方小羊交给了兴达玩具厂的老板就完成了任务，方小羊还冲离去的女人一再感激。老板是个30多岁的男人，挺瘦。他说，你身份证有没有，方小羊说我身份证丢了，现在还在补办，方小羊听同村打工的人对他说：出去老板们向你要身份证，你可千万别给他们。方小羊就对老板撒了个谎。老板说没有算了，在这里干管吃管住，头一个月是试用期，没工资，试用期合格留在这每月三百元，不合格走人。

方小羊的头像小鸡啄米一样地点着，老板的话就是合同，这合同平等不平等，现在不是他说了算的。老板分配给方小羊的工作是往仓库送货，车间离仓库有一百多米，方小羊就用人力车把车间生产出来的玩具往仓库送，遇上进料和往外发货，方小羊就又是搬运工。头一个月干得小心翼翼又十分卖力，他想给老板留下个好印象，好尽快结束试用期留下来。

宿舍是用石棉瓦搭的那种棚子，里面睡了二十多名工人，工人们都显得很生疏，他们和方小羊的话不多，和他们说话他们也显得很冷淡。方小羊以为这是他才来的缘故，时间长了慢慢就好了，但一个月马上就要到头了，工人们对他仍然是很冷淡，方小羊和他们说话，他们就会四下张望慌里慌张的。

和方小羊床铺紧挨的是一个三四十岁的男人，他整天都不说一句话，方小羊和他说话，他也只是翻着白眼看他。方小羊想起农村的老家，人们虽然贫穷，但大多愿意帮助别人，但这里，人与人之间是那样的淡漠。时间长了，方小羊也就习惯了，每天只是低头干自己的活，天天与邻铺的那个男人见了面，却好似陌生人一般。

一个月的时间马上就要到了，方小羊每天都在记着，他想如果老板忘了，会去主动提醒他。老板记得很清，那一天老板把他叫到他办公室，老板告诉他经通过考察，他试用期没通过，让他立刻走人。

方小羊愣住了，他根本没想到是这样的局面。方小羊想争辩，但厂长手一挥说你赶快收拾收拾离厂吧，这没有商量的余地。

方小羊眼睛里蓄满了泪水，他一时不知该说什么，委屈的泪一个劲地往下掉，厂长却不耐烦地说，怎么？你没听见我说什么？我还要办公哩。说着，他把方小羊推出办公室随手关上了门。

到宿舍里去收拾行李时方小羊看到邻床的那个男人也在，他看方小羊的泪一个劲地往下掉，就问：你要离开？

方小羊以为自己听错了，就没搭理他。他想，天下这么大，哪里又是他容身的地方？在这个城市里人生地不熟，哪里又有他说理的地方呢？那个男人看方小羊没理他，只顾自己伤心流泪，就拍了拍他的肩膀，说，你要离开？方小羊这才抬起了头，说，厂长说我实习期没通过，一个月我算是白干了，现在让我离厂走人，我那么卖力怎么会没通过呢？

方小羊的邻床看看四下无人，才悄悄说，信息部的老板和厂长是夫妻，我们都知道他们一直在用这个法子白用工人，所以你来才不敢和你多说话，小兄弟，以后找工作可要多长个心眼。

方小羊想不到人心这样的险恶。方小羊说：我找老板去，邻床那男人说：你有什么凭证？你是想被老板打出来吧。方小羊领教过老板的厉害，于是哑口无言了。

方小羊出来走在大街上，看着来来往往的人是那样的匆忙，他们一定都有一个属于自己温暖的小窝，就像天空中飞过的小鸟一样，天黑了都有一个巢穴在等待着它们，而自己该往哪里走，该往何处去他自己都不知道，一种悲哀从心底升起。漫无目的方小羊坐上了一辆公交车。这个城市的公交车百分之九十的始发站都是火车站的广场，然后再从火车站广场涌向这个城市的四面八方。方小羊随便坐上公交车交了一元钱后，又把他拉到了火车站，火车站广场上仍然有那么多和他一样不知该往哪儿去寻找生计和巢穴的民工，仍然像没头的苍蝇一样乱撞着。

方小羊又走回他找工作的那个信息部。信息部门前立着那块黑板上，仍然写满了也不知什么时候就写上的一成不变的各种用工信息。方小羊走进信息部，那个女人又热情地迎了上来，一看是方小羊，她一愣，但随即脸上又满是笑容，显然，方小羊仍然在她的记忆中保留着，但她装作根本不认识方小羊，说：兄弟，想找工作？

方小羊说：是的，我想找工作，然后给你交信息费，你把我介绍到你丈夫开的工厂里去，试用期一个月之后，说试用期没通过，白白地给你们干上一个月后再把人赶走。

方小羊看到这个女人脸上的笑容慢慢地僵硬，她想不到方小羊会知道这么多。

方小羊说：我被你们骗苦了，没吃没喝没钱花，你把我给你的信息费退给我。那女人说：小兄弟，我不懂你说的是什么意思，但如果你真的是这个样子，你可以来我这信息部打工，晚上你住在这办公室，包你每月挣上个三千两千的不在话下，你看怎么样？

方小羊根本不相信她的话，说：你以为我还会相信你吗？女人说：你相信不相信归你，你在我这信息部里打工，这儿离火车站这么近，火车站广场上像你这样出来打工的人是一拨又一拨，只要你去把人领到我这里，每介绍成功一人我给你抽五十元，你算算哪天不能撞上一个两个的，我是看你比较机灵才让你给我干的，这比你到工厂里打工划算得多了。

方小羊说：原来你是让我帮你骗人。那女人说：小兄弟，什么骗人不骗人的，现在这社会是弱肉强食，你不骗我，我就会骗你，不干拉倒。

方小羊想，社会真的是这样吗？自己在这个大染缸里如果不能坚持自己，不一定会变成一个什么样的人。赵玉桂在高中一定正努力学习吧，现在来看，学校真是相对纯净的地方，坐在窗明几净的教室里琅琅的读书声，那是多么幸福的一种生活呀！

车站里仍然滞留着许多南来北往的民工，方小羊看到一个和他岁数不相上下的男孩，站在路边四处张望。他脚边放着一个蛇皮袋，里面装着棉被和换洗的衣服，方小羊看他六神无主的样子就猜测他也是初来乍到的民工，就不由自主地凑了过去，装作是等车，站在了他的身边。

方小羊的心咚咚地乱跳，他看到那个男孩看了他一眼就把目光转向了别处。方小羊用眼角的余光偷偷地打量了他一会儿，发现就他一个人，知道他现在正犹豫着不知该往哪儿去。方小羊说：兄弟，现在几点了？

那个男孩的脸红了，他说：我没有表。

方小羊说：出来找工作？男孩点点头，方小羊知道如果他告诉他现在有一个信息部能给他介绍工作，他一定会感兴趣的。方小羊正犹豫着，那个男孩却开口了，他说：我是刚出来，身上的钱也不多了，也不知哪儿有劳务市场。方小羊说：哪儿有劳务市场我也不知道，但你千万别相信那些信息部，那都是骗人的。

方小羊说完觉得自己松了一口气，他不知道自己这是怎么啦，原本他想骗他的，却告诉了他这些。

男孩有些不相信地看着方小羊。方小羊说我就被别人骗过一回，于是就把他受骗的经过告诉了男孩，男孩这才相信，说：你不说我还真不相信哩。方小羊想说：算是我交学费了，但他没说，这个学费交得可太惨了。城市，就这样给他上了生动的一课。

方小羊告诫自己，不到走投无路的时候就还是做一个好人，虽然自己被派出所关过，但他相信自己仍然是归于好人那一群的。

方小羊现在挺想念赵玉桂，想念家乡那座残破不全的小桥，想念在那个残破不全的小桥边他和赵玉桂四目相对时的默契，那种温馨，还有初中生活里的枯燥中透出的那点点乐趣。赵玉桂一定在向着某所名牌大学冲刺，她和他之间的距离越来越远。这一生可能再没有交会点了。但是，他必须好好做人，如果有一天有人向赵玉桂说起他是一个骗子，那他还有脸做人吗？

城市的夜晚是漫长的，夜还没有完全拉上它的幕帘，已处处是华灯绽放了，方小羊看到，在灯光照射不到角落里，城市的屋檐下已蜷缩了不少来寻梦的民工。方小羊在四处寻找，这样的夜晚他该寻找一个什么样的地方？

走到一家酒店门前，方小羊猛然眼睛一亮，他看到酒店大门旁立着一块牌子，上面贴的红纸上写着招保安数名，日期居然是今天。

　　方小羊看到这张招聘广告，希望的火苗就从心底升起。方小羊的邻居方小全就是在一家酒店里做保安，春节回家时方小全穿一身保安制服神气得很，说话也很厉害。方小全连小学都没毕业，每次考试总得零蛋，后来就回家放了几年牛就出来打工了。方小羊一直看不起方小全，可连方小全这样的人都能当上保安，而他方小羊初中毕业，脑瓜子又那么好用，会连当一个保安人家都不要吗？

　　第二天一大早方小羊就来到了酒店的办公室，事情是想象不到的顺利，没费什么口舌，负责招聘的经理就录用了他。

　　其实方小羊的工作再简单不过了，只要不是一个笨蛋谁都能干得了的，就在酒店看大门。这是一家集娱乐、餐饮、住宿为一体的酒店，酒店的规模说不上很大，但装修还算可以。由于是新开业不久，生意显得有些冷清，方小羊整天待在大门口，看酒店灯火辉煌，但进进出出的车辆却寥寥无几，于是就不由为老板发愁。

　　到了发工资的日子，方小羊还是一分钱也没领到手。老板说每个人都要交从业抵押金，你第一个月和第二个月的工资算是你的从业抵押金。酒店是管吃住的，方小羊领到了一身保安穿的制服，平常的日子方小羊也不用花什么钱，因此没钱的日子对于像他这样的人来说，也是好打发的，只不过方小羊觉得这样的日子有些漫长。

酒店的生意渐渐地有了些起色。为了生意能好些，老板也是用尽了招数。老板不知从哪儿招来了一批年轻漂亮的女孩，女孩们一个个打扮得花枝招展的，修着细细的长眉，画着浓浓的眼圈，戴着一摇一晃的大耳环，染着或红或黄的头发，占据着酒店最高层的几个房间，挂着美容美发的牌子，不停地穿梭在酒店的各个房间里。

老板亲自给他们这些保安们开了会，让他们要时时刻刻保持着高度的警惕，老板仍给保安们布置了各自的分工。

那些花枝招展的女孩大都对这些保安们漠然无视，连正眼都不给他们一个。方小羊知道她们大多数是和他一样，从乡村来到城市里的打工妹，别看她们浓妆艳抹，衣着华贵，但骨子里，她们仍然是一个刚刚走出土地的农民，仍然是生活在这个城市底层的一群流浪者，在内心深处，她们比他更远离城市，也更容易被城市所遗弃，这样一想，方小羊在可怜自己的同时，也有些可怜她们。

第三个月的时候，老板给方小羊发了三百元的工资，这是方小羊第一次挣到钱。发工资的第二天，方小羊给他母亲写了一封信，他自己留了两百元，给她母亲寄了一百元。信写好后方小羊想应该给赵玉桂也写一封信，他要告诉她，他已经找到工作

121

了，自己能挣钱了，同时，他要鼓励赵玉桂，要好好学习考上大学，将来能在城市找到一个好工作。方小羊还想在信上告诉赵玉桂，她是自己最喜欢的女孩子，但他知道根本配不上人家，如果这样一写，也许会断了他们之间纯洁的友谊。在信的结尾方小羊只是含蓄地告诉赵玉桂，他同样会记住她、祝福她的，因为，那张她放在他文具盒内的纸条儿他一直保存着，现在，就叠放在随身携带的小笔记本内。

一个月后方小羊收到了母亲的回信，而他写给赵玉桂的信因为"查无此人"退了回来。方小羊不知道赵玉桂在县一中的几班，但他知道她是哪一届的，怎么会"查无此人"退回来呢？方小羊想，如果有机会回老家，他一定去县一高看看他的同学们和赵玉桂。

赵俊钟是顺着方小羊给他母亲的那封信上的地址找到方小羊的。

赵俊钟是方小羊上初中时的同学，他和赵玉桂是一个村的，初中毕业赵俊钟也考进了县一中。方小羊对赵俊钟的到来感到特别的突然，那天上午他躺在宿舍床上正做着乱七八糟的梦，梦中，他满头大汗地在爬一座山，可总也爬不到山顶，就在他气喘吁吁、筋疲力尽时被人叫醒了，睁开蒙眬的睡眼，看到赵俊钟有点变形的脸贴在他的面前，咧着嘴正笑着。方小羊以为仍然在梦中，猛然坐了起来，然而这根本不是梦，赵俊钟活生生地站在他面前。方小羊说：你不是在县一高上学吗？赵俊钟说：我决定不上了。

原来，高二上学期，学校要自筹资金盖实验楼和学生公寓。高三的学生马上就要毕业不再说了，问高二和高一的学生每人借五千元，等高中毕业时一分不少再退还。县一高的学生一大部分是来自县城的子弟，五千元虽然有点心痛，但咬咬牙也都能拿得出来。农村的学生可就不一样了，一下子拿出这么多，这不是强人所难吗？因此，开学一个多月了，还有一半以上的学生没交这笔钱。那边等着挖地基盖房子，这边资金不到位、学生的钱迟迟交不上来，于是校长就给班主任下了死命令，两个星期，学生交不上钱，就暂停学生的课。

当地的电视台知道后很快就派记者来到县一高进行暗访。那个记者带了个偷拍机在校园里拦住了一个学生，那个学生就是高二年级的赵俊钟。记者也没有亮明身份，一亮明身份赵俊钟就有顾虑了。记者说我是市里来调查学生负担的，你放心，我也不问你是哪个班的，叫什么名字，只是暗地里了解一下，你们学校里有没有乱收费的。赵俊钟正为这事苦恼着，老师说到下星期你再交不上这五千元只好停你的课了，可别说五千元，一千元赵俊钟也拿不出来。赵俊钟的大哥腿有病，说起媳妇特别困难，好不容易媒人说了一个，女方家不但要了一大笔彩礼，还要求出嫁前给盖独门独院四间平房，得有彩电、洗衣机、摩托车才过门。为了不让大哥打光棍，赵俊钟的父亲都答应下来了，一家人正为大哥娶媳妇的事急得上火，哪有钱再给学校集资五千元呢？赵俊钟一听记者问他这事，心想上边可来了一个管事的领导，于是就竹筒倒豆子一股脑全说了。他说你们可得管管，我们高二、高一的学生每人是五千元，下个星期钱再交不上学校就停我们的课，我家是农村的，上哪去弄这五千元。

记者随后又扛上大摄像机采访了校长。校长坐在大板台后面大手一挥说：根本就没有这回事，借资是自愿，有钱支援教育，我们到时不但如数奉还，还有利息，没钱根本不强求，更没有停课这一回事。

记者回去就把节目制作后播出了，赵俊钟的话和校长的话形成了强烈的对比，播出时赵俊钟的脸上虽然被遮了马赛克，但赵俊钟的老师和同学们都看出来了：这不是我们班的赵俊钟吗？

校长大发雷霆，说这个学生是谁？很快就查出了赵俊钟，而这一切赵俊钟还一无所知，正为那五千元借资而发愁哩。现在学校借资被电视台曝光出来了，于是借资的事被叫停，校长也接受了批评，受了气的校长就狠狠地批评了赵俊钟的班主任。

赵俊钟很快被调到了最后一排的角落，学习时，赵俊钟常常莫名其妙地挨批评，劳动时赵俊钟总是干最脏、最重的活儿。赵俊钟就整天压抑得要命，终于有一天，他把课本塞进了书桌跑了出来。暑假的时候赵俊钟去方小羊家找过他，方小羊的母亲说他出去打工去了，于是赵俊钟就把方小羊写给他母亲那封信上的地址记了下来。

赵俊钟想，不上学了，再上还不憋死？找方小羊打工去！

方小羊听赵俊钟说学校的事，听着听着就随赵俊钟一起气愤起来。方小羊又问：赵玉桂呢？赵玉桂在几班？赵俊钟说，你还不知道呀？一高给她发了录取通知书，但她根本就没去，现在在县城打工哩。方小羊对这个消息有点吃惊，他一直以为赵玉桂在县一高上学呢，怪不得他写信给她都被"查无此人"退了回来。方小羊问：她在县城干什么？赵俊钟吞吞吐吐地说：听说在一家饭店里当服务员。方小羊就不再问了，他说：那你准备怎么办？赵俊钟说：这不来找你了吗？不上了，就我那家里状况，考上大学也供不起，打工算了。

方小羊知道赵俊钟这么远跑来是对他的信任，把痛苦与不快都告诉了他，不过，气愤过后渐渐冷静下来，方小羊觉得赵俊钟太唐突了，头脑一热就跑了出来。他就把自己出来打工的事告诉了赵俊钟，赵俊钟听得目瞪口呆，还以为外面的世界多精彩，工作多么好找，钱是多好挣，听完了才知道完全不是那么回事。

他问：方小羊，那你说我该怎么办？

方小羊说：回去，上学！受这点委屈算什么？不劳其筋骨，饿其体肤，苦其心智，怎么能出人头地呢？再说，有个高中毕业证，出来也比我这初中生好找工作多了。

赵俊钟头脑冷静了，想想也是这个理。方小羊给他买好车票，他坐上火车又回去了。

赵玉桂竟然没上高中，这是为什么呢？方小羊不知道该是高兴或是伤心，如果赵玉桂没上高中，是不是他和她之间的距离又拉近了一步呢？方小羊决定请假回去一趟，一是看看母亲，二是顺便也打听赵玉桂的下落。

其实，他根本不用怎么打听赵玉桂的下落，赵玉桂的事已在家乡传得沸沸扬扬了。

初三时赵玉桂的父亲因病去世了，她父亲死时她的三个哥哥都已娶了媳妇，她就和她的母亲两个人一起过。初中毕业时她母亲又病倒了，躺在医院里她的三个哥哥都不来看她们，他们跟母亲说：你不是最疼你的小女儿吗？就指望她给你看病吧。医院催着要钱，她们又拿不出来。出院后赵玉桂的母亲连病带气很快就去世了，她的三个哥哥都不愿收留她，她也不愿和他们一起过，她恨死了他们，就一个人出来流浪了。

母亲的死对她的打击太大了。身无所长的赵玉桂一个人到县城的饭店当了一名服务员。饭店的老板也不是好东西，赵玉桂是在毫无戒备的情况下被他灌醉后弄到他房间。

完事后老板看赵玉桂一直哭个不停，就甩给他一沓子钱说：你哭什么哭，干什么不都是为了这个吗？赵玉桂就哭得更厉害了，老板看赵玉桂哭得昏天暗地的就害怕出事，于是就不停地派女孩来开导她。这些女孩都是死心塌地为他服务的，她们把钱看成了一生追求的目标。赵玉桂哭够了，也想通了，是啊，如果有钱那该多好啊！有钱了她现在一定坐在县一高窗明几净的教室里读着书奔光明远大的前程了；如果有钱，她母亲就不会被医院停止治疗，也许就不会死了；如果有钱，她的三个哥哥也许又会和她亲如兄妹了；如果有钱，她也不会出来打工、不会被老板玩弄了。赵玉桂想通了，自己现在已是这个样子，光伤心又有什么用呢？想通了的赵玉桂很快就有了与那些女孩一样的追求目标。

好事不出门，坏事传千里。在小小的县城里，赵玉桂的事不可避免地被传到老家。老家人很乐意听这类事，看看，多么漂亮的闺女，出去打工去了，挣了那么多钱，能有好事？因此，他们很乐意地把这事无偿地传播出去。事情就传到了赵玉桂的三个哥哥耳朵里，他们去找他们的妹子，觉得她把她家的脸都丢光了。赵玉桂嘿嘿笑着说：我就是要作践自己，就是要报复你们，让你们在村里抬不起头来，我现在已经没有哥哥了，那个老家我也不会回去了，哪儿死哪儿埋。她的三个哥哥打了她，把她身上的钱也抢光了，赵玉桂的伤没治好，就离开了县城，也不知她又流落在了何方。

许多细枝末节的事方小羊觉得是从一个人的嘴中到另一个人的嘴中，被无限地夸大。听家乡的人那么肆无忌惮地谈论着赵玉桂的事，方小羊的心里难过得要死，是没有人心甘情愿去堕落的，可五彩缤纷的城市，变幻莫测的城市，处处诱人的城市，如同浩浩荡荡的洪水，在席卷着一切，改变着一切，赵玉桂，她一个乡村的女孩，一旦陷入这钢筋水泥构筑的丛林，还能由着她自己吗？想想打工的艰辛，想想日子的漫长，又想想他梦中的女孩，曾经多么的优秀，如今竟成了人们鄙视的对象，方小羊就想哭。就这样，她被城市的洪流吞没了吗？就这样，他的爱情，如风缓缓而起，又如风匆匆而逝了吗？

冬季的时候，酒店的生意开始火爆起来了。以往的生意虽然也说得过去，但车水马龙的局面并不是很多。老板说如果这样的状况一直能持续下去，过年的时候要给每个员工加薪。方小羊的工作也从门卫调到了夜间巡逻，每天值夜班，拿着个手电筒和橡胶棒在院子里走来走去，昼伏夜出，过着不见阳光的日子。

酒店生意火爆的原因之一是里面的烧烤吸引了大批食客。烤羊肉串，烤羊外腰，烤羊鞭，这东西嗅起来膻气难闻，可吃起来香气扑鼻，酒店生意声名远播，一片火爆。

保安们在一起的时候，常常会谈起那些女孩。保安们大都和方小羊一样，来自遥远的乡村，拿着微薄的薪水，用自己省吃俭用来攒钱娶媳妇、盖房子。

每当这个时候，方小羊总会悄无声息地离开。遇上那些如花似玉的女孩们，他常常会莫名其妙地脸红，他不知道是为自己或者是为她们。

他想，她们中会不会有赵玉桂呢？在漫长的冬夜里独自一个人巡逻时，望着城市灿烂的夜空，方小羊常常会想起这些乱七八糟的事情，想着，想着，泪水就不由自主地涌了出来……

欲望的春天

这是平行世界里某个春天发生的故事。

一

这个春天对青年马黑来说来得有点儿早。

暖洋洋的春风像一个美丽的女人的纤细手指，拂得所有的人都醉眼蒙眬，四处都是被春风熏得浑身无力、四肢发软的人们，沐浴着春风，享受着春天，他们得意扬扬，无所事事，把目光肆无忌惮地四处延伸，体内因此常常产生莫名其妙的欲望，在体内四处奔腾不息却又无处释放。

这个春天对青年马黑来说来得有点儿糟糕。

马黑走在这春天里，草在远方的田野里发芽了，树在马路两边吐绿了，然而，马黑的头发乱糟糟的，眼睛发直而无光，他这个样子与充满生机的春天一点儿也不协调。按照马黑现在的想法，春天最好别来，花儿最好也别盛开。可是，每个人都不能阻止春天的脚步，马黑同样也只好无可奈何地走在这个春天里，任灰暗的心情在春风里潜滋暗长。

马黑说：马黑，你真是个倒霉的人！一踏上这城市的水泥马路，就开始遭受这个城市的歧视与捉弄。就拿他和周小红进城时的那件事来说。那一天他和周小红坐在摇摇晃晃的汽车上，一路上两个人都昏昏欲睡。到了车站，他俩刚下车还没弄明白是怎么回事，一群人就围了上来，不由分说抢走了他和周小红的行李，拉着他俩的手让去他们的旅店住。马黑和周小红被城里人的热情搞晕了头，那个打扮得干净又时髦的少妇告诉他们，他们的旅店既干净又便宜。马黑问她住一晚要多少钱，她说才十元。马黑想十元就十元吧，他们已享受了人家热情的服务，行李又一直都背在人家身上，于是就迷迷糊糊跟着她走。她带着他们穿过了一条又脏又长的小巷，七拐八拐地经过一家托老院和一个街道居委会，走得马黑和周小红从迷糊中清醒过来，就在他俩焦急万分的时候，那个少妇才把他们领到了目的地。是一个又脏又乱的小院，公厕里散发出来的恶臭在春风的荡漾下四处飘散，马黑和周小红直皱眉头，只好无可奈何地住下。但到第二天早上结账时，却变成了每人二十元。马黑说不是说过每人十元吗？那个态度和蔼可亲的少妇一下子变得气势汹汹，说："你说你们的行李我是白白地扛那么远？开水是白白供应？舍不得钱还想住旅店，睡火车站的广场得了，告诉你俩，少一个子你们也别想离开。"马黑只好交了四十元走人。周小红走出大门说城里人怎么都这样？正说着一个青年从拐角里窜了出来，马黑急忙停步，可是晚了，他一脚踩在了人家的脚背上。青年晃一下身子站稳了，说："小伙子，你把我撞成心脏病了，你把我的鞋踩坏了，这鞋是我从国外买回来刚刚穿上的，你赔我二十元钱吧。"马黑说你的鞋明明好好的，凭什么让我赔你二十元？青年说："二十元你还嫌多？不掏是不是？"马黑一看这架势，只好掏出二十元钱给他。

还有一回，一只脏兮兮的哈巴狗在路边跑来跑去没人管，不知为什么就跑到马黑的身边了。马黑看它毛茸茸的很是可怜，就有一种伸手想摸一下它的欲望。马黑的手刚伸出去，这时从一边窜出一个人，非说马黑想偷他的狗，马黑脸红脖子粗地跟人家解释，可周围人根本没有人相信他的话，人们议论纷纷，说城市都是被他这样来的乡下人给搅和坏了，随地吐痰和大小便，乱扔废弃物，偷盗、抢劫，好像城市里发生的所有坏事都是他马黑一个人干的似的。

现在，马黑走在这春天里，他不适应城市，或者是城市根本不欢迎他。脚步匆忙而杂乱，周小红一定在为他担心。果然，周小红班也没上正在家里焦急地等着哩。看到马黑回来，周小红的嗓子都有点哑了，她问："马黑，这一天一夜你上哪儿去了，连个信也没有？"

二

原来，昨天晚上马黑下班，走到建设路时，看见一个人在前边拉着一辆人力拉车，一个人在后边推，车上装满了铝锭，建设路这个地方已到了市郊区，是一段急上坡路。这时天已经基本黑了下来，人少车稀，两个人累得满头大汗、气喘吁吁，停又不敢停，又使尽了力气，后边推车的那个就急忙喊："兄弟，推一把，帮帮忙。"马黑急忙把自行车放在路边，过去帮他们一起推。后边推车的那位冲马黑龇牙咧嘴地笑笑，算是打了个招呼。马黑也就回报性地露出了个微笑，心说：这个男人怎么长得这么古怪？生就一副三角眼，八字眉，尖下巴，让人一看过目不忘。

快到坡顶时，马黑忽然听后边的这位冲前边急促地说："大军，人追来了！"马黑还没弄清怎么回事，前边拉的后边推的同时撒了手，失去了推拉力的人力车就迅速往坡下滑去，差点没把马黑撞趴下。

马黑说："你俩怎么回事？"话还没说完，看见这两位已像兔子一样蹿出老远。马黑正感到纳闷，后边已蹿上来一群人，不由分说把马黑按倒在地，一顿乱捶之后，马黑就被他们送到了执法部门。

马黑这才弄明白了前因后果。原来他帮着推车的那俩家伙，是偷铝锭的贼。他俩是趁着仓库管理员去吃饭的工夫把锁弄开的，两个贼也特胆大，弄了个人力车想把仓库来个大搬家。也该他俩出事，以前仓库管理员每天都吃上一个多小时的饭才回来，偏偏这天不到一个小时就回来了。回来一看，仓库的锁被撬了，铝锭被弄走了不少，一问，有人说是看见了，有两个人拉着个人力车装了不少铝锭，他们还以为往外发货呢？谁想到会是这个时候有人这样明目张胆地偷东西呢？

马黑不知道，这两个贼可是提心吊胆，后边推车的那位一直不停地偷偷往后看，一看后边追过来了一伙人，情况不对劲，连声招呼也不给马黑打，叫上前边那一位撒丫子就跑了，留下帮忙的马黑莫名其妙地就成了替死鬼。

到派出所事情很快弄清楚了。原来有人认识，前面的那位叫大军的是厂子里的一个临时工，现在早就跑得无影无踪了。执法部门一位戴眼镜的人负责审问马黑。

马黑说："我真的是被冤枉的，我下班路过，他们上不去坡，叫我帮一把，谁想到他俩会是盗贼？"

眼镜说："谁能证明你是路过的呢？"

一句话马黑就哑口无言了。是啊，谁能证明自己是清白的呢？现在马黑是跳进黄河也洗不清了。马黑除了在心里诅咒那两个贼不得好死外，待在派出所的小黑屋里一点办法也没有了。

第二天中午的时候，执法部门有人给他放出风来，说如果交三千元保释金，可以放他走。马黑说如果我有钱，别说三千，五千我也交，可我一个打工的，能填饱肚皮已是勉强了，你让我上哪儿去弄这三千元？执法部门的人恶狠狠地说："把你送进看守所关上十五天，看你还叫穷不？"

直到第二天傍晚，这里的人看出来，从马黑身上实在榨不出油水来，就不了了之地把他放了出来。

马黑说："小红，你说我这弄的算啥窝囊事？咱在城市碰不到好事，可也别净遇上坏事，那个'八字眉、三角眼'和叫大军的两个小子，这不算完。"

周小红说："算了吧，马黑，人能平安无事出来就是万幸了。"

三

马黑第二天去造纸厂上班，走到厂门口正好遇到他的老板王大海，王大海说："马黑，昨天你旷了一天工，你女朋友来厂里找你了，你不声不响跑到哪儿去了。"

马黑说："老板，我说出来你也不信，反正我也没偷也没抢。"马黑就把他帮忙推车被人当作盗贼的事说了。王大海就嘿嘿地笑得乱颤，说："我信，我信，看你头上那个大青包还没有消下去，马黑，这么倒霉的事怎么会让你遇上了？算了，我也不扣你昨天一天的工钱了。"

马黑心说这真是太阳从西边出来了，王大海怎么发善心了？马黑打工的这家工厂挂名是村办集体企业，其实是王大海个人的，工人也不多，就几十名，主要生产黄板纸、瓦楞纸，每天有十几吨的麦秸需要装进大蒸球，加上滚烫的烧碱，几个小时后，蒸球内出来的便是黄黄的纸浆，经过管道进入纸机，出来便是成品纸了。马黑的具体工作就是要站在小山一样的麦秸堆上，忍受着蒸气，用大铁杈把麦秸装进巨大的蒸球，放进烧碱，盖上盖子。

工厂建在郊区一条沙石铺的路上，厂院墙外就是碧绿的麦田，浑浊发黄的废水就顺着麦田边的一条小水渠流了出去，流到哪里臭到哪里，小水渠两边的麦苗也被熏得又矮又黄，好像一个长期卧床的病人缺少阳光一般，显得无精打采。附近的村民在麦田里干活时，常常捂着鼻子，骂骂咧咧的。他们对王大海不友好，但王大海每天都坐着小轿车进进出出，听不见也视而不见。他们同样对在里面打工的工人不友好，工人们一出来他们遇见了就横眉竖眼，想找茬儿打上一架。工人们大都是像马黑一样，来自遥远的乡下，对本地的村民们只好忍气吞声。马黑就觉得在这儿打工特憋气，每天脏兮兮的一身臭汗、一身怪味，却拿着微薄的薪水。

王大海说："马黑，你女朋友在哪儿上班？"马黑说在酒店当服务员。王大海问："在哪个酒店？"马黑说："金阳光。"

马黑想王大海今天这是怎么啦？对他态度很友好，话又这么多。王大海对工人从来都是又骂爹又骂娘的，好像这里的工人都是他的儿子，他就是他们的亲生老子一样，打骂就是家常便饭。不过马黑没有时间去仔细思考王大海今天的态度，他还得赶快去往蒸球里装麦秸哩。

晚上回到租住的小房间，周小红照例还没有回来，马黑知道这个时候酒店的生意正忙，就独自胡乱弄了点儿饭。吃罢靠在床上习惯性地打开床头十四英寸的黑白电视机，没看多大一会儿，阵阵睡意就袭来了。

也不知道什么时候周小红回来了。马黑翻了个身，一只手搭在了周小红的身上，周小红马上把他的手从身上拿开了。马黑从半睡半醒中清醒了过来。周小红正睁着双眼，躺在床上也不知发什么呆，马黑没注意到周小红情绪有什么不对头，一种欲望迅速升了起来，他伸手把周小红揽进了怀抱，周小红使劲地把他推开。

她说："马黑，你是头猪，你关心过我没有？"

马黑就一点情绪也没有了，他弄不明白周小红为什么发这么大的火，不过，已经是深夜了，他也懒得问。

周小红也不吭声了，她背对着马黑，伸手拉灭了电灯。黑暗中马黑感到周小红其实毫无睡意的。周小红对他可一直都是百依百顺的，过了一会儿，马黑说："怎么啦，你？"

周小红说："马黑，咱们回农村老家算啦，城市又有什么好呢？就这么吸引住了你？"

马黑说："小红，现在你怎么又说这话？我也知道打工不容易，可回农村老家又上哪儿能挣钱呢？你放心，我不会在那家破造纸厂干一辈子的，我一定想办法让咱们在城市过上好日子的。"

周小红就叹了一口气，不作声了。

四

周小红的不开心与她的工作环境有关。

周小红在金阳光酒店当服务员，酒店的生意也不好做，酒店周围已经陆续开了大大小小七八家酒店，餐饮业之间的竞争特别激烈。老板看到近来就餐的客人越来越少，心情一点也阳光不起来，照这样下去，他的"金阳光"要不了三五个月，就会在残酷的竞争中自动关门。

餐饮之后离不开娱乐，金阳光酒店的老板明白餐饮上吸引不了多少人，那就在开发娱乐项目上想点子。老板就把每个包间重新装修了一番，里边用屏风隔开，摆放上沙发和茶几，可以娱乐，至于娱乐的内容，那就根据客人的喜好了。

经常有服务员们泪眼汪汪地来找老板，说客人们不规矩，动手动脚。老板就说："来咱这儿消费的可都是上帝，上帝咱怎能得罪？再说了，他们摸一下拧一下你们又不损失啥，可你们服务的包间客人多了，我给你们的抽成就也高了。"

时间长了，许多服务员也就习惯了，想开了，是呀，打了个"擦边球"，就让那些笨蛋们的钞票大把地掏了出来，何乐而不为呢？

周小红对客人们的这些"擦边球"一直不习惯。老板说："小红呀，你也不要哭哭啼啼的嘛，让别人以为我对你怎么了。再说了，人家是往外掏钱的，咱们是挣钱的，不受点委屈怎么行呢？你虽然是没结婚的人，但你和你男朋友一直住在一起，我也是知道的，你啥事没经历过，啥事又不懂呢？"

老板的意思周小红是能听出来的：周小红你又不是黄花大闺女了，在我面前你装啥清纯？装哪门子正经？

周小红哭不出来了，委屈的泪水只好往肚子里咽，和马黑草率地同居这是她一直的心病，虽然说未婚同居现在在城市里普遍得很。可她周小红不是城市里的女孩，骨子里她仍然是在那个清纯的小乡村里长大的女孩，在灯红酒绿的城市里，她仅仅是一个过客，她一点儿也不向往城市、留恋城市，她迟早还要回到乡下那个生她养她的地方。

说起未婚便同居在一起，周小红一直耿耿于怀。马黑和周小红当初来到城市的时候，经济上很紧张，但也不至于紧张得连租两间房子的钱都不够。上高中时他俩就好上了，高中毕业双双落榜后就商量一起到城市里打工，在农村他俩交往还仅限于拉拉手，过分一点就是拥抱在一起，虽然马黑有时提出那种要求，但周小红都能把握住自己，她想不能就那么随随便便地把自己交给马黑，最起码得有一种仪式，或者是一种庄重的承诺。但是，一来到城市，一切都变了，变得人都让人捉摸不透了。现在周小红回过头想想，她都有点怀疑这一切都是马黑的阴谋，也怪那时候的自己，怎么一面对这眼花缭乱的城市，就变得没有了一点主见？

马黑说："小红，你看咱们现在来到了城市，要钱又没钱，工作说不定什么时候才能找到，不如咱们租一间房子，省了钱又能互相照顾。"马黑说得那么合情合理，让对城市怀有一种说不上来的恐惧的周小红找不出反对的理由，就这样，她就稀里糊涂的听从了马黑的话，租了一间房子和马黑同居了。

五

开春以来一直没下雨，缺水分的麦苗看上去毫无生机。不少农民都开始引水浇灌麦田，引来的水流到造纸厂排污水的水渠里后，又重新流出来，几天后被污水淹过的麦田一片发黄，麦苗都逐渐枯萎了。这成了农民们大规模上访的导火索。

农民忍气吞声了好长时间，现在，他们赖以生存的麦田也由于这造纸厂排出的污水而颗粒无收。发了财的王大海却整天坐着屁股冒烟的小汽车、住市中心的小洋楼，他们再也不能忍受这恶劣的生活环境了。以前村民们也上访过，只不过那都是小打小闹，三三两两的，或是到村委会，或是到乡政府。王大海是给乡村两级政府财政做过贡献的人，每年乡政府官员们的村委会能在春节的时候发一大笔奖金，或者扛个猪腿、羊腿什么的，全都归功于一些像王大海这样办的小企业，如果由于村民的上访而让这些企业停产关门，那么，以后他们上哪儿吃喝？因此，村民们都被他们糊弄了回来：放心，我们一定要处理，给你们个满意的答复。或者是：你们先回去，我们调查调查。农民们就从上访中学精明了。这次他们不再找村委会、乡政府，而是拿着枯死的麦苗开着手扶拖拉机，浩浩荡荡直接开到了市政府的大门口。

市政府责成环保局去处理此事，环保局由李科长带队来到了造纸厂。

马黑看见又是李科长带队，就觉得好笑。环保局的李科长可没少来王大海的造纸厂，也没少照顾王大海的造纸厂，当然了，王大海也没少回报李科长。他们已经从执法与被执法的关系而变成了好朋友。因此，工人们看到李科长带队来王大海的造纸厂，一点儿也不怕，还是一个劲儿照常生产。

王大海也不怕。李科长这次却与以往不同，一直是板着脸。他说："王老板，你是怎么弄的？这让我也不好办，咱们都得面子上过得去吧，这样吧，你先停产接受整改，农民们也多少给他们点补偿，他们一直告状你让我也不好办呀。"

王大海一个劲地赔笑，说："是、是、是，你放心，李科长，我是明白的。"

李科长在造纸厂里转了一圈，好像提了不少建议，王大海陪着一直点头哈腰，马黑看着直想好笑。李科长临走的时候，王大海偷偷地把一个厚厚的信封塞到李科长公文包里。李科长心照不宣地说了几句冠冕堂皇的话，眉开脸笑地坐上小汽车，卷起一路的灰尘，匆匆走了。

李科长走后王大海召集工人们开会，说从今天起要放三天假，完成上边领导交给的整改任务接受周边村民们的监督，三天过后，照常上班。王大海说整改的时候许多工人都捂着嘴偷笑，这样的"整改"对造纸厂来说已经不止一次了，王大海自己也觉得一本正经挺可笑的，但是他使劲绷住脸，冲捂着嘴笑的工人们瞪了一眼，然后严肃地宣布散会。

下班后，马黑跟周小红说起造纸厂"整改"的事，之后他把身体重重地摔在床上，然后总结性地说："小红，现在这事我算是看透了，每给人都在想办法弄钱，你说这花花绿绿的城市，有多少钱才能把它填满呢？看起来我们也得生办法去弄钱，可你说像我们现在这个样子什么时候才能发财呢？"

周小红白了马黑一眼，说："马黑，你变了，无论多少钱也是无法满足所有人的，你只看到了他们怎么弄钱，却看不到他们怎么把自己弄进监狱的。"

周小红近来的话越来越少，上班忙得要命，又有许多事情让她不开心，这些，马黑都没看出来，现在马黑已经陷入了深深的忧伤中。哦！城市，美丽的城市，贫穷的马黑除了伤感还能拥有什么呢？

六

周小红在金阳光里工作的那个包间叫梅花阁。其实，在梅花阁里根本就没有梅花，就像那些荷花阁里没有荷花，樱花阁里没有樱花一样。但是，这每一个包间都千篇一律毫无特色，就像金阳光酒店毫无特色可言一样，特色只是一个个女服务员小姐千姿百媚不一样的笑脸。从这一点来看，金阳光酒店的老板和许多酒店的老板一样，实在是没有品位。

千娇百媚的服务员们可不管有特色没特色，有品位、没品位，她们关心的只是高额的提成。最近，许多这阁那阁的服务员都有点羡慕梅花阁的女服务员周小红。她们羡慕周小红的原因是周小红受到了一个老板的照顾。

这个老板隔三岔五地总要来金阳光酒店吃饭，来吃饭之前他都要提前预订周小红的梅花阁。如果梅花阁已被别人预订走了，这位老板宁愿换家酒店也不到荷花阁、樱花阁吃饭。

其实这位照顾梅花阁周小红的老板不是别人，他就是马黑的老板王大海。

周小红在马黑被派出所留置的那天到造纸厂去找马黑，王大海一看周小红就不由得眼睛一亮。他不相信这个亭亭玉立、天生丽质的女孩竟然是他手下穷工人马黑的女朋友。

周小红看马黑一夜未归又不在造纸厂加班，心立刻就乱成了一团麻，王大海想叫住周小红套近乎，但周小红哪还顾得上去理他。后来，王大海知道周小红是在金阳光酒店当服务员，就常常有事没事地来金阳光酒店，这是他接近周小红的正当理由。按照王大海的想法，周小红跟着马黑这样一个穷打工的又有什么前途呢？无非是青春少女一时执迷不悟爱错了人，一旦她醒悟过来，那还不跟他分手？总有一天他王大海要让她明白，与其跟着马黑吃苦受累，还不如跟着他王大海吃香的喝辣的，当只"金丝雀"包养起来过更舒服的日子。

谁知道往金阳光酒店钱没少送，周小红根本就不上钩。周小红说："王老板，我是看你是马黑的老板才对你尊重的，我请你也自重。"周小红寒起脸来，常常弄的王大海很是没面子，他不明白这个周小红怎么这样执迷不悟。他拿他那一套理论来理解周小红，他以为天下所有的人都和李科长，村委会、乡政府的那些人一样，那办法用在他们身上管用，用在她周小红身上也一样管用。

王大海在周小红的梅花阁里碰了一鼻子灰、受了一肚子气，回到厂里看到马黑心里就不顺，就把受的气撒在马黑身上。

王大海说："马黑，你干活怎么又偷懒了？"

马黑说："我没有呀，老板。"

王大海就说："马黑，你说我是老板还是你是老板？是我对还是你对？我说你偷懒了那你就是偷懒了，这个月扣你八十元工资。"王大海心说，周小红呀周小红，你不是不稀罕钱吗？我管不住你我可能管住马黑，马黑这小子太有艳福了，这么水灵一掐一股水的女孩，我不让你多干点活少拿点钱我心里怎么能平衡呢？

马黑也就弄一肚子怨气，回去对周小红说："我打工的那家造纸厂老板心真是太黑了，我给他努力工作，可工资是今天扣。明天扣，还处处挑你不是，如果有合适的工作，我立马炒了他的鱿鱼。"

周小红说："你说的是王大海是不是？一段时间他常到梅花阁吃饭，吃饭就吃饭，总想动手动脚，我可没少给他脸色看。我说马黑，我可是真不想打工了，没一点儿意思，又遭罪又常常遭人白眼，这日子还没咱们在乡下时那段时光开心哩。"

马黑说："这王大海，原来他跑你那儿吃饭去了，总有一天我要让他知道我的厉害。"

七

马黑注意建设路坡上边的那家废品收购站已经很久了。

废品收购站里边堆满了乱七八糟的东西，其中最主要的是一些废铜烂铁旧铝块之类。进进出出废品收购站的大都是全身蒙满了灰尘的人，他们好像没有颜色也没有性别，在城市的角落里悄无声息，无处不在又无处不到，城市里许许多多弃之不用的东西，在他们的眼里常常能变废为宝。当然，他们中的有一些人，也常常能使一些价值昂贵的东西变宝为废品。比如说：许多城市下水道的井盖被一分为二；长长的电缆线被开膛破肚；高高的路灯被一锯几段。当然了，也有铝厂刚出厂的铝锭，被人偷偷地运送到废品收购站，当作废品卖掉了。

马黑想，那两个"三角眼八字眉"和叫大军的窃贼，是不是也经常光顾这家废品收购站，和他们打交道呢？

马黑是在一个黄昏走进这个废品收购站的，那时春天的风正静止不动，空气中有一种发霉的味道，一个五十多岁的男人浑身上下脏兮兮的，躺在躺椅中，在这各种异味混合在一起的露天大院中闭目养神。马黑走到他跟前，突然问他："大军这两天没来？"

那个男人眼睛都没睁，说："怎么没来？昨天还来哩。"说完之后他忽然警觉起来，睁开眼睛一看面前站着的是一个陌生的男人，连忙坐起来，问："你是谁？"

马黑连忙遮掩道："大军的一个朋友，有点货想通过他介绍好出手。"

那个男人充满疑惑地看着马黑走出他的废品收购站，又在黄昏黯淡的光线中走出他的视线。马黑想：那两个害他的男人果然与这家废品收购站有来往。

守株待兔的时间并不长，"三角眼八字眉"和大军出现了。

马黑从废品收购站大门外的一棵大树后闪出，紧跟着他们一起走了进去。马黑说："喂，兄弟，不记得我了吧？"

这两位果真不记得马黑，那个晚上他们接触的时间太短了，那时他们如惊弓之鸟，所有的注意力都放在后边奔跑的人群中。

废品收购站的老板惊奇地看着马黑，说："你不是说他们是你的朋友吗？"

马黑说："什么朋友！那天我好心好意帮他们推车子，谁知他俩偷了人家铝锭，人家把我抓住一顿臭打，还被送到了派出所，告诉你俩，你们就是烧成了灰我也不会忘记你们的。"

废品收购站的老板一听就乐了，说："原来你俩说的那个替死鬼就是他呀，跑老远了，还听见他在后边惨叫。"

马黑说："你们还挺幸灾乐祸呀！告诉你们，我可是找了你们好久了，是让我报警一窝端呢，还是私了？"

废品收购站的老板连忙抢过话，说："兄弟，兄弟，有话好好说。"一面说，一面冲"三角眼八字眉"和大军使眼色。这两位也挺机灵的，忙说："兄弟，你看，那天情况特殊，我们兄弟心里也是挺过意不去的，一直想找机会给你补偿，这样吧，哥们身上有八百多元，全部给你算是我们的一点心意，改天有时间再请你吃饭，你看怎么样？"

马黑也想不到事情会是这么顺利，他可是一直提心吊胆的，只怕被他们几个给黑了，现在，他还不见好就收？

走进服装市场，马黑给自己买了一身衣服，给周小红买了一套春装。马黑感到从未有过的好心情，想了想，又给周小红买了一身夏装。

周小红一看马黑买了这么多衣服，问："马黑，王大海给你们发奖金了？"

马黑说："别提王大海了，那人我早晚要收拾他。"

周小红问："那你是从哪儿来的这么多钱？买这么多衣服干什么？"

马黑说："捡的，你信不信？"

周小红半信半疑看着马黑，马黑伸手把周小红揽到自己怀里，充满柔情地说："小红，别猜了，跟着我让你受委屈了，你看人家城市女孩，打扮得一个个妩媚动人，你又不比她们差，她们能穿咱们为啥都不能穿？"

周小红说："马黑，我并不羡慕她们，真的，我只想咱们能开心地过日子，贫穷点儿又有啥？乡下比这里强多了。"

马黑说："小红，你又来了不是？这是城市，不是乡下，你为啥总是忘不了乡下那种苦日子呢？我要挣钱，我要发财，我要让你也过上城市人的生活。"

周小红说："马黑，你变了。"

马黑说："是的，我变了，现在我后悔怎么变得这么晚哩，如果我早变了的话，说不定早就发财了。要回你回，我是要留在城市，城市多好啊！你别用那种眼光看我好不好，小红，我还是那句话，即使我呼吸着城市污浊的空气，听刺耳的噪声，遭受着城市人势利的白眼，我还是要说，我向往城市。"

周小红默默地从兴奋的马黑怀抱里挣脱出来，她从短暂的温馨中回到现实，躺在床上，双手垫在头下面，仰望着天花板，双目呆呆无神。

八

周小红知道现在所有的劝告对马黑来说，都已经变得苍白无力了，而她周小红，是不能让城市轻易湮没的，她决心一个人回去，回到那个宁静的乡村，离开她打工的这个城市，她周小红回去要告诉她的乡邻们，她一点儿也不喜欢城市。

九

周小红的离去加快了马黑的行动，他还没有找王大海，王大海却找到了他。

王大海说："马黑，你最近的旷工越来越多了。"

马黑说："是呀，你看是你开除我呢，还是让我炒你的鱿鱼？"

王大海想不到马黑会这样说，他以为马黑会求他哩，他说："怎么，马黑，你长能耐了？"

马黑说："我现在明白了一个道理，要想在城市里站住脚，就得学会生存，就像你王老板，应该是在城市里生存得不错的一个，我也没长啥能耐，就是学会了生存。"

王大海气得说不出话来，说："行，行，马黑，我宣布你现在立刻卷铺盖走人，你学会了生存，我这儿可不养会生存的人。"

马黑说："谢谢。拿来，我立刻走人。"

王大海说："拿来什么？"

——钱呀。

——工资你上财务室算，该拿多少我一分都不会少你。

——王老板，你错了，我说的不是工资，工资我会上财务室你老婆那儿要的，我是说你就让我这么走，总该给点补偿吧！

——什么，我补偿你，我补偿你什么？

王大海气得鼻子都歪了，他想不到马黑这小子简直是吃了熊心豹子胆了。马黑却很平静，他说："王老板，你别气，气坏了身子以后怎么找女人？我给你算一笔账，算了账之后你觉得该给我补偿就补偿，不该给我补偿，我立刻走人，工资也不要

151

一分。第一，你没少上金阳光大酒店梅花阁找我的女朋友周小红
吧，王老板你有钱了找个女孩养起来也可以，可你把歪点子打到
我女朋友身上了，这一会儿我上财务室要不要给你老婆说说？第
二，你这个造纸厂属于小造纸厂吧，产品质量差，污染又严重，
国家三令五申让关停，你应该比我清楚吧？我知道你打通了关
系，你偷偷地生产，可你别忘了王老板，只要有人一举报，假如
这个举报人就是我，或者是给电视台、报社那帮四处乱窜想找点
社会新闻的记者们打个热线电话，那你看你这小造纸厂还能不能
生产，即使你又'整改'了，'整改'后又生产了，你算算你停
产的损失有多大？请客送礼又得花多少钱？所以说，王老板，你
看该不该给我点补偿？"

王大海说："马黑，你是长了能耐了，学会敲诈我了。"

马黑说："算不上，算不上，我是跟你们城市人学的，只是
一点点补偿。"

有了上一次的经历，马黑觉得这一次的腿肚子也不发抖了，
冷汗也不冒了。马黑知道，他说的可都是王大海的"软肋"。

王大海笑着说："你算什么？马黑，你还嫩点，你以为学会
了生存？"王大海突然寒起脸，大声说："滚！再给你两千元，
滚得越远越好，别让我再见到你。"

马黑转过头，无声地笑了。城市这么大，真的有很多的生

存机会呀，而且，城市人也并不都是那么可怕，那么高高在上，他们可以歧视和捉弄乡下人，乡下人也同样可以让城市人感到乡下人的存在，让他们不再轻视乡下人。马黑看到造纸厂院墙边有一堆碎砖块，砖块下面有一束绿色的小草从缝隙里钻了出来，马黑想，这就是春天的小草吗？他就是春天从砖块的挤压中生长出来的小草吗？

十

事情来得有点儿突然。一群官员和电视台、报社的记者浩浩荡荡地把车开进了王大海的造纸厂。

省里的领导说："小造纸厂是国家三令五申要关停的，而这家就在市郊、在你们的眼皮底下，你们的工作是怎么搞的嘛。"市里的领导拿眼光狠狠瞪了一眼环保局的局长，局长头上的汗一个劲地往下淌，环保局的李科长也跟在人群后边很远的地方，王大海拿眼睛看他，他慌忙把目光移开了。王大海真想冲过去给他几个耳光，心说：吃我的，喝我的，拿我的，没少给你上供，这次为啥不提前报个信，我早早地关门，哪会弄得这么狼狈被逮个正着。

报社的记者们照相机的闪光灯一直闪个不停，电视台的记者们扛着个摄像机像机关枪一样四处看。有记者要采访王大海，王大海见情况不妙，早早地躲办公室把门关得死死的。

过了好长时间，王大海才接到了李科长打来的电话。李科长说："王老板，我现在是躲在厕所里给你打电话的，这事我来之前一点儿也不知道，听说是有人直接向省里举报的，我们局长已经发了火，我是一定要受处分的，要恨你就恨那个举报你的人吧。"那边的李科长带着哭腔，好像末日就要降临一般。

王大海正在独自发呆，听完李科长的电话，把办公桌上的茶杯狠狠地摔在地上，咬牙切齿地说：马黑，你这个坏蛋！

其实这事与马黑还真的没有关系，可是，当四个身强力壮的男人，戴着墨镜，如铁塔一般把他围在中间时，马黑知道，所有的解释已经是苍白无力了。其中一个说："兄弟，我们也是拿人钱财，替人办事，你也别恨我们，要恨，你就恨你自己不去按规矩办事吧。"

话刚说完，马黑身后就重重地挨了一下，接着，一拳又打在他的后脑勺上，马黑感觉天地倒了个，不停地旋转起来，他眼前金星直冒，两腿发软倒在地上。马黑趴在地上一声也不吭，一下，两下，三下……

渐渐地，他也数不过来了，他好像失去了知觉，又好像非常清醒。趴在地上的他好像看到眼前有一棵小草，他不知道这是不是生长在乱砖块缝隙中的那棵小草，他还不知道，这样的一棵草，能否沐浴到春风。

没有人会知道，马黑也不知道，趴在地上的马黑只有想象，而想象，又是很遥远的事情，马黑也就不再想象了。他感到自己很轻很轻，趴在马路边也就像一棵小草，这样的小草在城市里很多很多，他们生长在马路的边缘，他们生长在城市的屋檐下，他们遭受着践踏却仍然顽强生长，他们已在大大小小的城市里落地生根，遍地开花。

无处告别

　　刚进入秋季，织布厂的加班就多了起来，订单说来就来，往往是这笔订单还没干完，下一笔订单就等着了。三个班二十四个小时轮班倒，人歇机器不停，劳动强度大，上班还不能打瞌睡，下班人还没走出车间，就一个个东倒西歪了。许多人都受不了，背后骂声一大片。可面对着厂里能管事的人时，没有一个人敢发牢骚，也没有一个人敢站出来提意见，不想干了？立刻走人，现在劳动力是最不缺的。

　　赵信是一名维修工，在织布厂里是好工种。织布机虽然常有坏的，可中间毕竟还有喘气的空。刘洁就不一样了。她是挡车工，一个人挡了二十四台织布机，线头又断个不停，忙完这台忙那台，有人统计过，一个挡车工一个班八个小时走的路不少于70里地，更何况还要打扫飞花做清洁。机器没有坏的时候，赵信就常到刘洁挡的车位边，有时帮她做做清洁，有时帮她接接线头。

刘洁冲赵信微微一笑，机器发出巨大的轰鸣声淹没了人说话的声音，面对面说话要想让对方听见，必须得扯起嗓子像隔着半里外叫人一样大声地叫，而且还得嘴对着对方的耳朵。

刘洁这一笑让赵信心领会神，他心里一阵甜蜜，这种甜蜜别人是无法体会到的。刘洁知道赵信对自己好，这"好"是不需要语言表达一眼就能看出来的。于秋红也是赵信和刘洁一个村出来的老乡，可没见赵信怎么帮她。

赵信到织布厂的时间要比刘洁和于秋红早两年。织布厂的老板是湖南人，因此厂子里湖南人就占了一大半，另外占多数的是四川人。老乡见老乡，两眼泪汪汪，都是在外打工的，一说是老乡就特别亲切，这是在外流浪的人的乡土意识，老乡多了就容易抱成一团，这是老板不愿看到的。有两次因为和工人利益发生冲突，湖南老乡抱成一团集体罢过一次工，四川老乡抱成团集体罢过一次工，于是老板就逐渐找差错减少湖南人和四川人。织布厂里河南人并不多，赵信所在的班组70多人里就他一个是河南人，因此就常常觉得孤单。去年春节赵信要回老家过春节，想不到主管主动找他说：赵信，家乡如果有心灵手巧又能吃苦耐劳的姑娘可以领来几个做挡车工。赵信说：当然有，过完春节我来上班一定给你带来。

现在农村一个人平均不到一亩地，人多地少负担过重，产生大量的劳动力四处游荡，早已成了社会问题，有主动给工作还怕没人来吗？

回家过春节的赵信就把主管的话当成了任务。邻居一听赵信说可以带人到他打工的厂里，就三三两两来了不少打听情况的。男孩们赵信不敢带，因为主管没说要男的，织布厂需要女的做挡车工，于是有不少人失望而回。听说是到织布厂打工，有几个邻居带着他们的女儿又回去了，乡下人虽然没进过大城市，没进过大工厂，但不少人都听说了，男的别进煤矿，女的别进纺织厂。因为男的下煤井挖煤工作又重又危险，女的进纺织厂做挡车工脏累。不过最后刘洁和于秋红同意过罢年跟赵信去织布厂打工。都是初中毕业就辍学，田地里的活儿虽然不是很累，但农村生活让人憋闷且单调无味。稀稀拉拉的房子，自由散漫的牛羊，高低不平的土路一下雨就泥泞不堪，没有娱乐没有风景，能收看的几套电视节目也常常被毫无创意的广告挤占。刘洁和于秋红早就厌烦了这种日子，她想外出打工，又没有熟人介绍，一个姑娘家独自一人外出总是让父母不放心。现在好了，同村的赵信能让她们的父母放心了。只是，他们担心织布厂的工作太累怕女儿承受不了，但刘洁和于秋红都表示再苦再累也不怕，农田里的收成一年比一年差，农作物的价钱又只见落不见涨，女儿养大了出去打工挣俩钱也好补贴家用。刘洁和于秋红的父母就同意了，只是一再叮嘱赵信，听说外面那个花花世界乱得很，盯住她俩千万别让她们变坏。

春节过后刘洁和于秋红就跟赵信一起坐火车南下了。其实赵信比刘洁和于秋红也没大几岁，他上高中时她俩上初中，印象中她俩还是扎着羊角辫儿上学的黄毛丫头，高考落榜后他到南方打工，几年没见，黄毛丫头不见了，虽然脸上还有一种未脱的稚气，但都出落成了漂亮的大姑娘。拥挤的火车上，刘洁和于秋红一路都充满了新奇，她们都是第一次出远门，窗外飞逝的景物让她们兴奋不已，这一切对赵信来说却早已提不起兴趣，长长的列车长长的旅途，他只不过是一个过客而已。

其实织布厂里的生活也一样单调枯燥。

实习期三个月，那时厂里的订单不多，生产也不忙。遇到休息日，赵信带上刘洁和于秋红一起到市区看看。城市太大了，高高的立交桥一层又一层盘旋着，摩天大楼一幢又一幢直插云霄，像甲壳虫一样的小汽车一辆接一辆排成一条条长龙在缓慢移动。刘洁和于秋红就想，家乡的那个小县城与这个南方大都市相比，小县城就像她们那个小乡村一样的寒酸简陋。这一切把刘洁和于秋红看得眼花缭乱，不过，一想起织布厂里的轰鸣声，刘洁和于秋红就有些伤感。这美好的城市是别人的城市，她们仅仅是从小乡村到大都市里打工的。一名毫不起眼的挡车工，她们大多日子都是围着织布机在团团转。放下锄头走进工厂的两个女孩，很长时间对这种种约束都难以适应，这又不是农村老家，想干就干，想歇也不用去请示谁。不过，时间长了，也慢慢麻木了，那么多人都在低头做事，自己又能特殊到哪儿呢？

一天，下夜班的时候，一大群女孩子拖着疲惫的身子向厂大门口拥去。一个四川女孩怀里掖了一块布，也不知怎么的她不小心将那块白布从她衣服里露出来一小段。车间里质次品差的下脚料多的是，也经常有人把这种布偷偷拿出去一块，比如做个衣服口袋，做块抹布，或者做个鞋垫。通常门卫就是偶尔看见谁拿了也装作没看见，都是给别人打工的，同在一个屋檐下谁又愿意去得罪谁呢？也该那个四川女孩倒霉，那天晚上厂长的侄子不知为什么12点多了还没睡，就到厂大门口去检查，那露出的一小段白布恰好让他看见了。厂长的侄子是织布厂里保安部的负责人，厂里一些重要的工作岗位大都是厂长的亲友，于是那个四川女孩被保安叫到值班室被关了起来。这让许多女孩都不太在意，想不到第二天一大早，厂长的侄儿又带着一大群保安进了工人们的宿舍去搜查，结果从十多个工人的枕头下、衣箱里搜出了下脚料布。这十多个工人就为了这一小块不值几个钱的下脚料布，白干了一个月没得一分钱就全部被开除了。

厂长就觉得厂子里所有的工人都是偷他家产的贼，从此以后，下班的每个工人在大门口都要接受保安的搜身检查。由于织布厂里百分之八十都是女工，为了便于检查，又专门招了一名女保安。

下班的时候工人们便排成一条长长的队伍，一个接一个地走进大门旁的保安值班室，就像打了败仗举手投降一般，被人从上到下摸了一遍。有人气愤不过，说到劳动部门告他们，旁边有人接上说，你告赢了又有什么意义，只能让你丢了饭碗，老板以后该怎么整还怎么整，这事在别的工厂里我早就领教过了，大家都有一种屈辱而无可奈何。

时间长了，那个女保安一个人忙不过来时就叫上个男保安来帮她的忙。这种检查其实也就是隔着衣服象征性地摸一下就让走了。但是有的男保安就想趁机占女孩们的便宜。女孩们被占了便宜也不敢说，红着脸慌乱走出保安室，背后诅咒那个男孩不得好死。那一天赵信、刘洁、于秋红是一起走向厂门口的，赵信先走进保安室，那个女保安坐在一旁正津津有味地看一本时尚杂志，男保安随便检查一下就摆手让赵信出去了。接着是刘洁进去，赵信就在门外等刘洁和于秋红出来。等有一分多钟也没见到刘洁出来，赵信就又走回保安室门口往里面看，正看见刘洁两眼噙满了泪水。女保安头也不抬地看着杂志，这一切都好像习以为常。赵信一股火就往上蹿，他一步跨进去扯住了男保安的衣领说：你说什么？那个男保安说：走开，关你什么事？那个男保安的蛮横使赵信火上浇油，这怎么不关他的事？刘洁是他的老乡，是他带出来的人，是她父母叮嘱他一定要保护好的人，也是他心中喜欢的女孩。赵信握紧拳头的另一只手就想给他一拳，保安是受过训练的，赵信的拳头没打出去反而挨了人家一拳。这一闹立刻围上了许多人，门外的几个保安也窜了进来，一看打架也不问青红皂白，就把赵信按到了地下乱捶一气。刘洁吓傻了，于秋红冲进来死死地趴在赵信身上，说别打了，别打了，要出人命了。结果于秋红身上也挨了几脚，刘洁去拉也挨了几下。

赵信被打得鼻青脸肿又断了一根肋骨，在医院躺了好几天。事情就闹到了厂长那里。

厂长找人谈话了解情况，找了赵信，又找了刘洁，于秋红和其他围观的几个打工妹也做了证。保安们耍流氓许多女孩早已气愤不已，都要求严厉处理这件事，厂长又不想惊动公安，只好把那几名打人的保安和那个女保安都开除了。厂长本来也想把赵信开除了，但车间主管替他说了好话，说这事不是赵信过错，况且赵信技术好，人走了是厂里的损失，于是赵信被留下了。不过，经过这件事后，大门口搜身的程序没实行多久就自动取消了。打工妹们都说赵信这挨得值，替大家办了一件好事。

赵信挨打后不久，刘洁就被抽调到了车间办公室。里面除了车间主管是厂长高薪聘请来的纺织学院毕业的大学生外，其他几名副主管、质检员、工薪员都是厂长的亲友，刘洁到车间办公室也做了一名质检员，工作轻松，薪水又比挡车工高，每天上班这儿转转那儿转转，说是质量上把关，其实是有专职验布的，她也起不到多大作用。有人羡慕、有人嫉妒，有女孩对刘洁开玩笑，说刘洁你跟厂长是亲戚吧。刘洁忙说，这哪儿是哪儿呀，他是湖南的我河南的，八辈子也挨不上一个边。女孩就又说：那厂长肯定看上了你吧，你还别说，咱厂还没发现哪个长得比你美的。刘洁说：一边去，人家不给你说话了。

刘洁为什么能到车间办公室做质检员，刘洁想不通，赵信和于秋红也不明白。

一天休息，宿舍里别的女孩都出去了，就剩下刘洁和于秋红。于秋红说：刘洁，你好福气，工作也轻松了，又有人喜欢你。刘洁说：谁喜欢我？于秋红说：咱俩还绕弯子，你心里最清楚。她们俩都知道说的是赵信，于是都沉默了，各自想各自的心事。过了一会儿，刘洁说：秋红，我知道你喜欢赵信哥。于秋红的脸唰的红了，她心慌意乱地说：别瞎说，我都不知道我喜欢谁，你怎么知道？刘洁说我从前是不知道的，那天他被人打时你趴在他身上，死命地护着他，宁愿自己挨打也不愿他挨打我就知道了。

于秋红说：我怕没那个福分。

月底发工资时，每个人被扣了一百二十元钱，主管说：有两批的订单布不合格，人家退了货要求索赔，厂里损失更大了。就有许多人拿眼看刘洁，她是质量检查员，负的责任应该更大些。刘洁心里更是惴惴不安，但车间主管也没对她说什么。

于秋红一拿到钱就说惨了，这日子可怎么过？赵信和刘洁都知道于秋红的弟弟去年考上大学，她每月工资一发就要汇钱给她弟弟用。20世纪80年代初计划生育正严，于秋红的弟弟是超生的，因此家中被罚得倾家荡产。家中底子本来就薄，这几年经济上刚翻过来身，弟弟考大学又需要交一大笔钱，学费刚借够交上后，每月的生活费就全指望于秋红这边打工挣的钱了。赵信和刘洁要借给她钱用，于秋红说算了吧，债背得够多了，咬咬牙从生活费中节省一点儿，下个月一转眼就到了。工资发了之后车间又开始了裁减员工。原先每人负责二十四台织布机，厂长说减人增效，每人再增加四台，许多人就叹气，二十八台？负责二十四台一个个都龇牙咧嘴支撑不住了，二十八台还让不让人活了？于秋红却说：这样也好，多劳多得，每月可以多挣些钱了。可到月底发工资，一分都没见涨，接着又是要裁员，由原先的三班两运转改成两班两运转，每个班上工人十二个小时，休息十二个小时。厂长要把每个人的体力用到极至。连赵信的工作量也增加了，原先车间里有专人检修车间那一千多只荧光灯的，现在这个岗位也并到机修工身上了，赵信既要修织布机又要修荧光灯，也没了一点喘息的空。

令人想不到的是，这次裁员于秋红也被裁减掉了。赵信和刘洁去问主管，主管说名单是由厂长定的，他也没办法。赵信不知道厂长为什么把工作很卖力的于秋红裁减掉，而把刘洁升职到车间办公室，这使他感到很对不起于秋红，虽然这并不是他的过错。

这种情况是于秋红始料未及的。也说不清为什么，在刘洁被调到车间办公室做质检员后，她和刘洁的关系就渐渐地疏远了。同样一起出来打工，一样的起点，自己的工作又不比别人干得差，而人家进了办公室，自己却被裁减掉了。赵信帮于秋红在厂子外面租了一间小房子，现在的于秋红主要的目标就是赶快找到工作，没了生活来源，要交房租又要吃饭，弟弟那边还等着寄钱花，她只有出去四处找工作。

这次减员不久，刘洁就被抽调到厂办公室做了一名文员。赵信不相信像刘洁的文化水平能做什么文员，工厂里干体力工作的大学生也不少，怎么没让他们到办公室去？赵信这样一想便想通了：厂长为什么这样对刘洁好，还不是刘洁长得漂亮吗？厂长赵信当然见过，不常到车间来，主要忙着拉业务拉关系，生产上的事自然有人替他管理。匆匆见过厂长几次,赵信觉得他是个挺面善的人,40多岁,中等身材,又黑又瘦,眼睛里闪烁着生意人的精明。现在再回过头来看,赵信才觉得厂长能经营这个几千万资产的厂子,在南方这个卧虎藏龙之地,虽然不见有什么名气,但也一定简单不了,他所有的安排一定都是有目的的。

赵信对这一切感到惴惴不安,刘洁却很兴奋,她也是白领了,她不知道命运为什么这样偏爱她。现在的刘洁已搬出了又脏又乱的宿舍楼,白领文员们专门有一幢公寓楼,而厂办公室所在的那幢白色小楼也不是像赵信这种工人能随便出入的地方,虽然在一个厂里,赵信和刘洁也不能常见面了。

于秋红找过赵信一次,是向他借钱的。于秋红手中的钱已经花光了,现在又不是招工的季节,可每天都有大量的民工毫无目的地拥进来,像没头的苍蝇一样乱撞。

于秋红问赵信借钱不久,赵信找了一个休息时间约刘洁一起去看她。现在的刘洁一身打扮得体又大方,在车间时说话声音扯得很高,现在也降下来了,还没说话先露出三分微笑,现在她就在厂长的办公室外面搞接待工作,为此厂长专门派人训练了她一段时间。赵信问刘洁怎样接待,刘洁说就是来客人了倒茶水、拿水果、瓜子,每天给厂长的老板桌抹一遍,拖地什么的。赵信从电视杂志上看到,现在的老板大都是这样,找一个漂亮的女孩来装饰门面做花瓶。刘洁或许就是一个这样的"花瓶"。这也是厂长工作的一种需要，赵信为自己之前把老板想得很坏的想法而暗自责怪自己，是以小人之心度君子之腹了。

赵信和刘洁来看望于秋红，但于秋红已没有了刚出来三人在一起时的亲密。命运就是这样，对有的人一路绿灯，对有的人却残酷无情。于秋红想，或许这就是命运吧！她现在的情绪沮丧而焦躁万分。工作，对这样一位远离家乡没有文凭、技术、特长和依靠的女孩不再幸运地招手。赵信和刘洁也帮不上什么忙，告别时于秋红眼睛红红地对他俩说：我祝你俩在一起幸福，结婚时别忘了告诉我。赵信和刘洁的脸都红了，其实彼此都心知肚明，但赵信一直没有勇气说出口，现在窗户纸被于秋红捅破了。

赵信也看出了于秋红的情况一天天变糟，他想不到他把同村的这个女孩带离了家乡，却在她最困难的时候无能为力。不过，爱情的喜悦冲淡了他的不快，回去的路上变得勇敢起来，他捉住了刘洁甩动的小手，一拉上就再也不愿分开了。刘洁的脸红红的，爱情，这就是他们的爱情吗？虽然这爱情已蓄积了很久，但她仍为爱情的突然到来而激动。不过，在激动的同时，她又有一种说不出来的遗憾：这贫穷的爱情哟！

现在的刘洁已不是北方那个小乡村里无知的女孩了，置身于这座繁华的大都市里，她才真切地感受到了自己的渺小，她知道，这种渺小是因为贫穷。虽然这贫穷不是她的过错，走进厂长那精致的办公室时，她产生了一种深深的失落感。她已经看到了富人的另外一种生活方式，这种生活方式是一个从小乡村一下子跳到都市里的女孩闻所未闻的，它充满了神秘，充满了诱惑，充满了迷人的气息。

日子一天天进入腊月，十二个小时上班，十二个小时吃饭睡觉。有一天早上起床，赵信一照镜子，把自己吓了一大跳。他已经好长时间没照过镜子了，镜子中的自己头发长而凌乱，脸面发青，下巴尖长。他知道这是长时间上夜班而又得不到充足休息所导致的。厂子里许多男孩和女孩也和他一样，有一点儿时间都想蒙头大睡，谁还想去梳洗打扮呢？

赵信决定去街上理发，如果放任自己这样消沉下去，那真是一点希望都没有了。街上有许多美容美发店，赵信一连走过了几家都没敢进去，隔着窗子看，里面太豪华了，进去他也消费不起。赵信觉得现在理个发也难了，不就是修剪头发吗？干吗装修得像星级宾馆一样，吓跑那么多人。不过，赵信明白，像他这样的打工仔，不是人家欢迎的那一类"上帝"。他选了一家门面较小的店铺，看上去装修得也不那么豪华，况且他也有点走累了，他想，就这一家吧。推门进去，赵信一时有点不适应，里面的光线比外面暗多了，有三个女孩正围坐在一起不知在聊些什么，看上去生意很冷淡。看到有人进来，她们忙站起来迎接客人，其中有一个女孩看到赵信呆了一呆，慌忙回了里面一个小套间。赵信眼睛还没完全适应里面的光线，但他感觉那个女孩太像于秋红了，或者说她就是于秋红。不过，她一转身就进了里面，赵信以为自己看错了人，满怀狐疑地坐在那面大镜子前看着自己的那一脸疑惑。一个女孩子过来柔声地说：先生，你要什么服务？赵信看着这个女孩笑眯眯地盯着自己，虽然是冬季，这个女孩衣领开得仍然很低。赵信的脸红了，他对面前这个好看的女孩说：头发太长了，想剪短些。女孩脸上的笑一下子不见了，她说：剪发？不会，我给你洗洗按摩吧。赵信忙摇摇头，女孩就回过头说：紫月呢？怎么一转眼就不见了？然后她大声叫：紫月，会剪发吗？这两天你和我生意都没有，剪发也能挣俩小钱。

然而，里面根本没有人回应，赵信明明看见有个女孩走进了里面的套间。这个女孩就骂骂咧咧。她丢下赵信走进里面的套间，不大一会儿又走了出来，冲赵信说：对不起，先生，我们这里不能理发。

赵信明白自己进了那种地方了。以前他虽然没进过这种地方，但听别人说过，有许多打着美容美发牌子的店铺，其实根本就不是理发，赵信无可奈何地走了出来。

带着满心的疑惑，赵信再也没有心思去找理发店了。他找到了于秋红租房子的小屋，里面早已是人去楼空。房东说于秋红已搬出去好些天了，问搬到什么地方，房东说这我哪儿知道，不过听她搬走时说她已找到工作了。赵信这样确信了在美容美发店理躲起来的那个女孩是于秋红，如果他现在拐回去找她，她一定会躲着不见的，但对她这样的境况他又无能为力，除非是让她回老家。赵信又明白，如果她想回老家，她早就回了。

赵信的心情就更加沉重了。他想不到把于秋红带出来打工，却把她逼上了另外一条路，想找个人倾诉，却找不到一个可以说话的人。几天没见刘洁了，打电话给她，刘洁说现在没空，马上要出差，问她出什么差，她又说不清楚，好像和厂长一起去签合同。赵信的心就又往下沉，问，就老板你俩吗？刘洁说她也不清楚，赵信满肚子的话要叮嘱，刘洁却兴奋地打断了他的话，说，这次她要坐飞机的，机票都送来了。赵信知道刘洁没坐过飞机，这是她第一次坐飞机，握着话筒他觉得刘洁正渐渐走远，和老板一起出差，又是坐飞机，赵信不愿想，又不停地想，想得头都要炸了。

晚上上夜班，赵信无精打采，荧光灯坏了好多也不想修。正好是主管值夜班，主管就把赵信叫到了车间办公室。

关上厚厚的隔音门，噪音立刻小了许多。主管看赵信的神情恹恹的，就问他是不是病了。主管对他一直是看重的，主管是

上过大学，特别爱才，赵信工作一向踏实又肯钻研，有许多难
修的机器，别人修不好赵信一去就修好了，因此主管就省心了
不少。主管说赵信你如果有病可以休息一天，我不扣你工资。赵
信感激地说主管我没病，只是有些问题不明白，想问问你。主管
就奇怪地看着他。赵信说，刘洁到车间做质检员是不是厂长让去
的？主管说人事安排上的事都是厂长说了算，这一点上我没多少
权利。赵信说这就对了，你说这次厂长带刘洁坐飞机出差会不会
有什么事情。

主管明白了赵信问他这话的原因。他说你原来是为这事想
不开呀，我看你也不必操心，虽然刘洁是你介绍来的，但女孩都
那么大了，你又能管得了她什么，再说，厂长有财，刘洁有貌，
这正赶上现在"郎财女貌"的潮流。厂长让刘洁去办公室我就想
到这一点了，但厂子是人家的工厂。

赵信听主管说完，就哭了他说，可是她是我的女朋友呀。
主管就一下子愣住了。

走出车间办公室，车间里几百台织布机一齐发出的巨大轰
鸣声掩盖了一切声音。赵信用手背拭拭泪水，大声地吼着。厂
长……没有人听见赵信在吼叫什么，光亮如白昼的荧光灯下，挡
车工都在各自忙着挡自己的织布机。赵信摇摇晃晃地坐到车间一
个角落里，狠命地用手揪自己那如野草般疯长的头发。

一个多星期后刘洁才陪着厂长出差回来。厂长本来说出去要签个合同，下飞机后，厂长又对刘洁说对方改变了主意，趁这个机会他们正好散散心。于是厂长带刘洁玩了两处风景名胜区，一路上他们都是各住各的房间，厂长显得规规矩矩的。这让刘洁有点儿琢摸不透，直到要回去的前一天，厂长才问刘洁：开心吗？刘洁兴奋地说开心。她是真的开心，坐了飞机，住了五星级酒店，吃了山珍海味，又增长了那么多见识，厂长为什么这么对她好，一路上又相安无事，这让刘洁不明白。厂长说：开心就好，以后这种衣食无忧尽情享乐的日子你还想过吗？刘洁说谁不想过呢？她疑惑地看着厂长，厂长的话里肯定有话。

厂长说：刘洁，我是个本本分分的生意人，也是个规规矩矩的老实人，这你都看到了。刘洁说：厂长，你是个好人。

厂长没接刘洁的话，往下又说，我太太去世好长时间了，喜欢上了你身上的这种纯朴，如果你愿意过这种幸福的生活，你可以嫁给我，如果不愿意，你还可以回车间挡车去，或者，你也可以辞工，我不逼你，你现在也不必立即回答我，我给你三天时间。

厂长摊牌了。

那一晚刘洁失眠了。她想到半夜，就想通了，然后蒙头大睡。厂长给了她三天时间，第二天她就答应了厂长。她已经享受过这种富人的生活，以前那种吃苦受累又没钱花的日子她不敢再想象，虽然厂长大她20多岁，这20多岁又算什么呢？关键是她从一个一文不名的外来打工妹，转眼间就成了城市中的"上等人"。

这一趟"出差"归来，厂长和刘洁就完成了角色变换，他们亲密的表现让所有看到他们的熟人都明白了他们之间非同寻常的关系。

上班时在厂门口赵信等到了刘洁，从刘洁看到他那闪躲的目光，赵信的心开始往下沉。刘洁不给他问话的时间，说：这几天等我有空再约你。然后，丢下了满肚子话要说的赵信，快步走向了办公楼。

刘洁的躲避印证了赵信的担忧，这些天，他一直在想他们的事。每个人都有自己的生活方式，每个人都有追求自己幸福的权利，赵信不敢保证，刘洁只有和自己在一起才幸福。他想，即使刘洁提出分手，他也不会怪她。

刘洁在电话里跟赵信分手了。她说，赵信哥，我要嫁给厂长了，我没有勇气面对你，我真的不愿再回车间做一名挡车工，也不愿回到那个偏远落后的小乡村，如果我现在仍生活在那个小乡村，我一定会嫁给你如果我仍在车间做一名挡车工，我也会嫁给你；可是，现在我无法想象那种生活了，请原谅我贪图富贵，我不是你想象中的那种有理想、有志气的女孩，要怪就怪你不该把我带到这个城市中来吧。

赵信没想到他的爱情刚刚萌芽就夭折了，刘洁的话让他心在滴血，难道这都是自己的过错吗？赵信也弄不明白。

春节一天天逼近，想家的心像小虫子一样日夜啮咬着赵信。出来流浪这几年，赵信从来没有像现在这样想念老家。老家虽然贫穷，但没有这么多让他头痛和伤心的事，难道所有的人都是这样，面对灯红酒绿的诱惑，把握不住自己、就改变自己？赵信知道，现在想找一方洁净的天空已是幻想，他还是决心离开这个让他伤心的城市。

原来赵信是不愿去美容美发店找于秋红的，现在他就要告别这个城市了，心中装了许多让他放心不下的东西。赵信的突然到来使于秋红感到措手不及。赵信说：秋红，你出来一下，我有话说。于秋红低着头红着脸一声不吭地随着赵信走了出来。

天灰蒙蒙的，无风也无雨。赵信也不知该往哪儿去。走到一处街心花园，坐在了水泥台阶上，于秋红站在他身边。赵信说：我决定回老家了，以后再也不来了，就在明天，我买了9点的火车票，秋红，大哥没有能耐照顾好你，你别恨大哥。

于秋红的泪水一下子就夺眶而出。

于秋红说：赵信哥，这事我谁都不怨，路是我自己走的，我也是被逼得没办法，家中和我都背了一身债，房东又天天催房租，我弟弟那边更等着用钱。赵信说：我知道。

于秋红说：等我弟弟一毕业我就不干了，然后回到老家，仍然是一个干干净净的女孩，谁也不知道我在外边都干了些什么，你要为我保守秘密。赵信又说：我知道。

原本他有许多话要叮嘱于秋红的，现在他觉得说什么对她都是苍白无力的，于是就都是沉默。过了一会，于秋红突然问：怎么没见刘洁跟着你。赵信淡淡地说：分手了，厂长看中了她，她就要嫁给厂长了。于秋红说：我说她怎么那么幸运，原来这都是厂长的安排，赵信哥，你也别生她的气，那种生活太诱人了，谁让我们太穷了。

赵信说：我谁的气也不生。

那你回老家干什么？于秋红问他。赵信说：一时还不知道，不过我想回去搞养殖，你也清楚，现在种地一年到头是白干，弄不好还得倒贴钱，能吃饱不欠账就不错了。

于秋红和赵信陷入无限的伤感。过了一会，赵信从手提袋中拿出一个大牛皮纸信封，递给于秋红。于秋红看着信封鼓囊囊的，用手隔着信封捏捏，猜不透里面都装些啥东西，就拿眼睛看赵信。这信封里的东西是我送给你和刘洁的，我就不去找刘洁告别了，我走后你找个时间送给她，里面有一封信，是我写给你们的。天已经很晚了，你回去吧，以后要照顾好自己，钱那东西，没有了不行，但是多了也不见得就是好事，你要有个分寸。

于秋红看着赵信的身影一摇一晃地消失在路灯的尽头，想放声大哭一场，可路边都是川流不息的人，她又不能。她记起赵信说他是明天一早9点的火车票，就想这事该告诉刘洁一声。她不知道刘洁的电话，就拦了一辆车到纺织厂。到了白领公寓楼，厂里的人说刘洁已经搬走了，听说是搬到厂长那去了。于秋红知道厂长就住在厂里的一幢装修豪华的小楼里，就又到那幢小楼去找刘洁。厂长住的那幢小楼有两个保安在门口值班，于秋红说找刘洁。保安问预约了没有，于秋红说没有，保安说那不行。于秋红说你就告诉她，说是她一个村的老乡找她。保安把电话打到了楼上，一会儿刘洁满面春光地走下楼来。她亲切地拉着于秋红的手要她上去，于秋红说不用了，这地方哪是我这种人随便来的，刘洁看于秋红有些不自然。于秋红说前面有路灯，到那里我再告诉你。刘洁就跟着于秋红到院子里的一处路灯下，于秋红这才告诉她，说赵信明天9点就要坐火车回河南老家了，他说他以后不会再来了。他说这牛皮纸信封里的东西是交给咱俩的，我还没拆开，现在当着你的面拆开。

对赵信的离开刘洁一点儿也不知道，现在她正处在一种说不上来的喜悦中，走在厂区的马路上，认识她的人都对她点头哈腰客气万分，这让她找到一种高高在上俯视众生的感觉。

于秋红把信封拆开，里面是一封信，两小包东西，那两小包东西用布包着，于秋红和刘洁就凑着昏暗的路灯把头伸过去看那封信：

小洁、秋红：

你们好！我回老家了，以后不会再回这里打工了。刚从豫西南咱们村走出来时，我也是雄心万丈，想依靠自己的双手打出一片天地，经过这么多年的打拼，我也累了。原来并不是所有的愿望都能实现，也不是所有的理想都会成功，我现在只想平平静静地找个自己喜欢的并且也喜欢我的女孩过一生。原谅你们大哥的平庸，不要想着去征服、去拥有一切，那样太累。

其实这么多年来我一直感到与这里的生活格格不入，或许回到家乡还会有快乐。小洁，请你原谅我的不辞而别，我是不会生你的气的，只要你认为那种生活适合你，你觉得幸福，这也是无可非议的，只是你要记住，人不能完全依附别人，无论什么时候只有靠自己心里才能永远踏实。秋红，有些钱能挣有些钱不能挣，寻到合适的工作，还是要靠自己的双手吃饭，大哥心中才高兴。

这两小包布里面是我从家乡带来的老娘土，这是我高考落榜后出来打工时，我娘从老宅里撮出来的，她希望我以后无论流

177

浪到哪里，都不要忘记老家，不要忘记生我养我的土地。现在，我回去了，把这包土分成了两份，你俩一人一份，留在身边，时时刻刻要记得，如果你们在外面混得发达了，家乡会欢迎你们的；如果你们在外面受苦受穷潦倒时，家乡会容纳你们的。

这两包家乡的泥土里面有我对你们的祝福，当你们想家的时候知道我在家乡等着你们。

大哥：赵信

于腊月二十二日

也不知是谁的泪水把信纸打湿了。于秋红说，明天我想到车站送他一程，你去吗？刘洁说：去！

第二天一早8点她俩就到了火车站，正是腊月二十三，家乡这时已鞭炮声声了，而喧嚣的城市只有从各家店铺传出来的音乐声和各种叫卖声中才能找到一点儿过年的气氛。

火车站人山人海，站在高处往远处看，黑压压一片头颅，到处都是坐火车要回家的民工。于秋红和刘洁傻了眼，这上哪儿去找赵信？快9点了，她俩就挤过去买了两张站台票，9点的火车开过来了，她俩仍然没见着赵信的影子。许多上了火车的人，放下车窗把头伸向窗外，不停地向外边招手，也不知是在向谁告别，向哪里告别。直到火车开动，于秋红和刘洁才发现从一个拥挤的窗口里赵信伸出的头，她俩跑过去，列车却开始缓慢移动，到处是嘈杂声，加上列车移动发出的巨大的声音，淹没了于秋红和刘洁对赵信的喊叫声。于秋红和刘洁看到赵信把手伸出窗外向她们挥动着。渐渐地，她们看到无数的手伸向窗外向她们挥动着，挥动着……